ISBN: 9783744898812

Herstellung und Verlag:

BoD- Books on Demand Norderstedt, © Claudia J. Schulze

Bilder: Michael Douglas Crawley, Lexington, U.S.A.

3. Auflage, 2019

Wir sterben jeden Tag

Vorwort

„Des Wahnsinns Beute" skizziert die Abwendung von der „normalen" Menschheit, mit dem Versuch eine solche zumindest noch im Ansatz vorzugeben, wobei das Scheitern vorgezeichnet ist. Dieses Grundthema verdichtet sich dabei noch in der Geschichte „Schmerzlos" um dann im „Roten Bild" eine Lösung aus sich heraus zu entwickeln. Diese Lösung ist eine ohne Kompromiss, radikal, ebenso selbstverständlich auch diese Erzählung, welche zum Teil etwas verstörende Bilder enthält.

„Die Pianistin" und der „Besuch der alten Dame" runden diese Empfindungen ab.

Der Pianistin, welche jedoch selbst nie ein Klavier besaß, wird eine große Ehre zuteil.

Im „Haus der 1000 Türen" öffnet sich dem Leser eine möglicherweise wesentliche Tür und zuletzt findet eine alte Dame auf ihre Art den Weg zurück.

Nicht wie erwartet zwar, doch unverkennbar.

„Das Fensterbild" stellt abschließend eine Beute fernab vom Wahnsinn dar – und ist doch mit ihm verwandt, da es sich auf Begebenheiten bezieht welche uns allen gelegentlich widerfahren – oder doch zumindest widerfahren könnten.

Die Bilder stammen allesamt vom mehrfach ausgezeichneten U.S.-Photographen und visuellen Künstler Michael Douglas Crawley aus Lexington.

Zum Teil auch, im Sinne des Wahnsinns, verzerrte Bildkörper und Abgründe tragen die Texte bei und in sich.

Der Meister

Der Maître Chanteur darf nicht singen.
Niemals je sei ihm das erlaubt.

Nur tanzen auf dem Gras, auf den Gräbern -
Ab und zu, wenn es beliebt.
Ihm zum Schutze jedoch nur,
Wenn die kleinen Tiere ausgeflogen.

Jene, deren hohle Bisse so schmerzen
Und welche
Sich mit strengen Zangen
Von innen durch die Köpfe
Derer bohren an denen die Nacht
Zerschellte-
Faulsaftige und viel zu dunkle, angstzersetzte
Nacht,
In sich sterbende, hoffnungslose Frucht.

Ihr Zerschellen ließ nur Bedauernswerte zurück.

Auch der Maître ist einer von ihnen.

Blass, ewig schlaflos mit Füßen,
Wund wie der Morgen, zerriebenes Gras,
Düster zerronnene Nacht, heiser lauernder Tag
Schmerzend
Unter ihnen.

Ameisen, unverbessert
Zurückgekehrte
Weisen gierig ihm den Weg.

Die Hölle

Nachts kann ich jetzt immer so schlecht schlafen. Ich höre es ticken. Klack. Klack. Es wird lauter. Wie bei einem Küchenwecker der erst kurz vor dem Rasseln lauter wird. Klack. Klack. Klack. Ich spüre es. Ich weiß es. Sobald er rasselt ist unsere Zeit abgelaufen. Ist meine Zeit abgelaufen.

In diesem Jahr musste sich entscheiden ob WIR sterben würde oder nicht. Ob sie meine innere Hölle überleben würde. Die Hölle, deren Tor du für mich geöffnet hast.

Die stumme Hölle, über die wir beide nicht mehr sprechen können. Über die niemand jemals wirklich wird sprechen können. Das hatte ich Dir im vergangenen Herbst gesagt.

Jetzt ist es Mai. Die letzte Nacht im Mai. Und unsere Zeit läuft ab. Meine Zeit. Sie ist schon abgelaufen. Das lauterwerdende Klack erinnert daran. Denn nur wenn das Ende schon beinahe erreicht ist wird das Geräusch lauter. Aber ich glaube es erst, wenn der Wecker wirklich rasselt. Obwohl ich es jetzt schon weiß.

Beinahe. Morsch fühl ich mich, gar nicht so wie man sich im Mai so fühlen sollte. Von Särgen träume ich. Und du liegst drin. Ob ich Dir das sagen soll? Nein. Ich will dir keine Angst machen. Obwohl das angeblich nicht bedeutet, dass du wirklich stirbst. Es ist symbolisch. Etwas ist zu Ende. Einfach abgelaufen. Klack. Klack.

Mit diesem kleinen, so lächerlichen Geräusch. Völlig unspektakulär. Ich wundere ich mich. Aber ich weiß nicht, worüber.

Morgen früh wirst Du wieder launig Deinen Kaffee trinken.

Du wirst mit mir etwas unternehmen wollen. Vielleicht frühstücken gehen? Es ist ja Feiertag. Da kann man sich so was ja schon einmal gönnen...Du wirst mich einladen.

Ich werde mitkommen da ich sowieso nichts Besseres zu tun habe. Du wirst Dir Deine morgendliche Zigarette anzünden.

Dann werde ich mir noch eine doppelte Portion Spaghetti bestellen. Du wirst mich fragen, ob ich nicht schon genug gehabt hätte. Das werde ich verneinen.

Den Anblick der Spaghetti werde ich genießen. Der Typ aus der Küche macht sie hier nämlich immer so matschig.

Schließlich wird mir schlecht werden. Im Klo von der Kneipe. Zu viele Spaghetti. Du wirst es aber nicht mitkriegen. Dezent lächelnd werde ich an Deinen Tisch zurückkommen. Klack. Klack. Du wirst zahlen. Nur die Spaghetti muss

ich selbst zahlen. Die waren ja nicht geplant. Zum Frühstück.
So was konnte man ja vorher nicht wissen.

Das Haus der Türen – *„Elsie theme"*

Und wenn du lange in einen Abgrund blickst, blickt der Abgrund auch in dich hinein. [Friedrich Nietzsche]

Alle Menschen die leben, jemals gelebt haben oder noch leben werden kennen es, das Haus der Türen. Die reine Erinnerung mancher daran mag verschwommen sein, anderen wiederum hat sie sich nahezu unauslöschbar ins Gedächtnis ge-brannt.

Manche sehen in ihm einfach nur das Haus der Türen, andere hingegen betrachten es als ihr Heim, als ihr Zuhause.

So verweilen sie in den Gängen vor den Türen, gemeinsam oder voneinander getrennt.

Die Hüterin der Türen, so alt wie die Zeit selbst, hatte sie alle gesehen.

Alle Menschen und alle Türen.

Hinter jeder Tür verbarg sich etwas Anderes und all dies hat mit jedem Menschenleben zu tun.

Hinter einer Tür verbarg sich Schönheit, die Armut hinter der anderen, Alter und Krankheit lagen auf demselben Gang, gegenüber die Hoffnung, der Wahnsinn und der Verlust.

Vor manchen dieser Türen saßen Menschen die soeben hineingesehen hatten.

Sie saßen dort allein oder zu mehreren, sie weinten, klagten oder aber sie waren glücklichen, sie schwiegen, schrien oder hungerten, manche lagen da wie tot und viele hielten sich die Augen zu, die Ohren oder den Mund. Andere lächelten und manche hielten sich fest in den Armen, einige tanzten oder küssten ihre Kinder.

Die Hüterin der Türen kam ab und an vorbei, doch oft stand sie nur vor einer einzigen Tür, nämlich der Tür, die sich nicht wieder schließen ließ.

Das war die Tür des Abgrundes. Jeder, der hinter sie sah trug von diesem Augenblick an den Abgrund in sich selbst.

Der Abgrund, wie soll ich ihn erklären. Verwandt war er der Verzweiflung doch tiefer noch zerriss er alles Lebendige, alles das gut war.

Der Abgrund, das war die Ansammlung der reinen Boshaftigkeit, des absolut Bösen. Alles, was die Menschheit je der Menschheit angetan hatte war hier versammelt – hinter der Tür des Abgrunds.

Die Hüterin der Türen benötigte wenig Schlaf denn sie wusste, dass Schlaf sie von dem abhalten würde was sie tat, was sie tun musste: Die Tür des Abgrunds bewachen. Doch selbst in den so kurzen Momenten ihres Schlafs konnte es passieren, dass sich ein Mensch hierher verirrte, in den ab gelegensten Flügel des Hauses der Türen und es war nicht zu vermeiden, dass er hineinsah. Die Hüterin erkannte sofort wer hineingesehen hatte und wer nicht denn deutlich trug jeder, der diese Tür geöffnet hatte den Abgrund in sich und auf sich.

Sie waren zu erkennen, auch untereinander.

Die Hüterin war so alt wie die Zeit und sie wusste, dass nicht einmal die Zeit selbst das Entsetzen würde heilen können das sich in denen breit machte die den Abgrund je mit eigenen Augen sahen.

Die meisten liefen sofort zurück zu den anderen Menschen vor den Türen des Hauptganges in der Hoffnung der räumliche Abstand würde sie von dem entrücken können was sie soeben sahen.

Doch das war eine Täuschung die sich nicht lange aufrechterhalten ließ.

Andere suchten sich untereinander, suchten die, welche die gleiche Tür geöffnet hatten um sich zu trösten.

Dies funktionierte tatsächlich, so unmöglich es einem doch zunächst erscheinen mochte. Jedoch hielt dieser Frieden nicht lange denn die Sehnsucht danach den Abgrund in sich zu ver-gessen war so groß wie der Abgrund selbst, so dass sie sich immer voneinander entfernten, jeder auf seine Art. Es gab ihn nicht, den Weg zurück. Es gab keine Erlösung. „Könnte nicht die Liebe helfen?" fragte eine junge Frau die Hüterin. Sie stand vor der Tür der Hoffnung, doch die Hüterin schüttelte den Kopf.

„Die Liebe", sagte sie, „ist doch immerhin die größte Macht auf diesem Gang, stärker als der Tod, die Verzweiflung und der Wahnsinn."

Sie zögerte, doch dann fuhr sie fort: „nur gegen den Abgrund kommt sie nicht an. Der Abgrund ist der Abgrund." Ein Mann kam vorbei. Auch er hatte hinter die Tür des Abgrundes gesehen und auch er konnte seither nicht mehr heimisch werden im Haus der Türen. Auch er konnte das Haus der Türen seither nur noch als Haus der Türen sehen, nicht als etwas, dass ein Zuhause genannt werden konnte.

„Was wird uns jemals davon befreien?" wollte er wissen. „Eine Prüfung", erwiderte die Hüterin.

Sie wusste, dass all die Menschen die leben, jemals gelebt haben, oder noch leben werden nicht nur einmal am Haus der Türen vorbeikamen sondern viele Male in Hunderten von Jahren.

Den Abgrund, wenn sie ihn in einem dieser Leben sahen, wurden sie selbst durch ihr nächstes Leben nicht mehr los. Es half ihnen keine Betäubung, es half ihnen nicht sich das Leben zu nehmen, zu verweigern oder ein guter Mensch zu werden der alles von sich gab; es half ihnen nicht Kinder zu zeugen oder erst gar keine zu gebären, es half ihnen nichts sich zu lieben und selbst Ruhm oder die Macht über die ganze Welt konnte den Abgrund in ihnen nicht verneinen.

Immer wieder kehrten sie zurück zum Haus der Türen.

Das letzte Mal dann, wenn sie eine Prüfung bestanden hatten. Danach, und erst danach waren sie frei. Wirklich frei.

„Wie geht diese Prüfung?", wollte die Frau wissen und der Mann sah die Hüterin schweigend an.

Langsam und leise sagte sie, denn sie wusste, dass das, was sie jetzt sagen würde langsam und leise gesagt werden musste: „Wenn ihr es schafft den Abgrund in euch zu tragen ohne der Abgrund selbst zu werden dann werdet ihr davon befreit.

Am Ende dieses Lebens dürft ihr euch dann einer Sache gewiss sein – ihr müsst niemals mehr hierher zurückkommen und dort, wo ihr dann sein werdet, da wird es keinen Abgrund mehr geben."

Die Frau und der Mann sahen sich an und nickten. Sie wussten, welche Türen nun auf sie warteten.

Dann gingen sie, jeder für sich, zu einer anderen Tür des Hauses um ihr Leben darin und davor zu leben. Zusammen mit all den anderen oder von ihnen getrennt. Sie lebten es in all seiner Schrecklichkeit und in all seiner Schönheit.

Ein letztes Mal. Und jeder für sich. Denn das Haus der Türen – es war nicht mehr als das.

Ein Übergang.

Das rote Bild

Die Tage, an denen er tagsüber erwachte ohne auch nur die geringste Erinnerung an den vorangegangenen Tag zu haben, mehrten sich in letzter Zeit. Ja, er erinnerte sich zuweilen an Gefühle, an Schwere und an die Abwesenheit von etwas, das nicht zu benennen war. Doch von wann dieser Erinnerungen waren, vermochte er beim besten Willen nicht zu sagen. Sie konnten Jahrzehnte alt sein. Leere und ein Zittern, das aus der Mitte seines Seins kamen, waren das einzig aktuelle Echo aus den jeweils vorangegangenen Tagen.

Hinzu kam ein reißender Schmerz in der Schulter, der aber, davon ließ er sich immerhin nicht beirren, ausschließlich ihm allein gehörte und mit keinem Arzt oder gar Physiotherapeuten zu teilen war. Wie läppisch diese Berufe! Wie läppisch der Versuch einem den eigenen Schmerz nehmen zu wollen. *„I focus on the pain, the only thing that´s real"*.

Ja, das war eine Aussage, mit der er sich bereits vor Jahrzehnten angefreundet hatte. Ebenso wie mit dem roten Bild über seinem Fernseher.

Dem Gerät hatte er schon seit Jahren endgültig den Stecker gezogen. Das Bild jedoch rührte er nicht an. Ehrfurchtsvoll betrachtete er es aus allen erdenklichen Perspektiven, zu unterschiedlichen Tag – und Nachtzeiten.

Er träumte in dumpfen Tagträumen und heißen Träumen in den Nächten (die zuweilen auch kalt sein konnten) von dem Bild und hoffte ihm eines Tages sein innerstes Geheimnis entreißen zu können.

Von der Künstlerin, durch die es damals zu ihm gekommen war, wusste man nur, dass sie wenige Tage nach Fertigstellung des Bildes an einer Überdosis der *Sonne* gestorben war: Der Sonne im übertragenen Sinn natürlich….*texture like sun, never a frown with golden brown.*

Die wahre Sonne allerdings war in dem Bild allerdings nicht zu finden, nicht einmal in einem winzigen Querverweis, einer minimalen, lediglich angedeuteten Versprechung.

Und nicht einmal wenn gegen Mittag, besonders in den Sommermonaten, die echte Sonne über das Bild wanderte vermochte sie es nicht dieses zum Strahlen zu bringen.

Das Bild wehrte sich gegen all diese Versuche, indem sich sein Rot in ein absurdes, wüstes, fast gelbbräunliches hämisches Etwas wandelte, so als hätte man alle Farben, die einem menschlichen Körper innewohnten, extrahiert und daraus eine so abstoßende Farbkombination geschaffen, dass die Sonne selbst nur noch froh, erleichtert sein konnte, wenn es auf den Abend zuging. Wer konnte es ihr verübeln?

Und ihm ging es ähnlich.

Die dunklen Abende waren immerhin etwas milder, sanfter, was auch der Tatsache geschuldet war, dass er seine Gehirnfunktionen mit Hilfe großer Mengen von Alkohol auf ein erträgliches Mindestmaß hatte drosseln können.

Eine all abendliche Vorfreude, die (wie immer) mit den Minuten gewachsen war, welche sich bald auf eine bestimmte und volle Stunde geeinigt haben würde, ergriff ihn. Abend für Abend. Seine ritualisierte Ausgehstunde.

Zu früh durfte man eine solche nicht ansetzen. Wollte man interessant bleiben, so musste es eine späte Stunde sein, zu der man (und somit er) in die Bars seiner Stadt einzufallen pflegte.

Doch hatte er sich zuvor einer List bedient. Ein kleiner Park, in dem er, fernab des Bildes, ein wenig Ruhe fand, bevor er sich dann wieder in etwas stürzte, das beinahe ebenso rot war wie das Bild über seinem untauglich gewordenen Fernseher. Das Nachtleben.

Rot war der zarte Schleier, den er nach all den Getränken, dem Geschrei, Gelächter, Gegröle und den Zigaretten vor den Augen hatte. Rot wie ein dünner Schleier aus Blut, aufgetragen auf die kleine Glasplatte eines Mikroskops. Ein blasiger Schleier, der ihn unweigerlich eines Tages zu Fall bringen würde. Irgendetwas, etwas Unerklärliches verband ihn mit dem Bild, ebenso wie mit dem roten Schleier vor seinen Augen.

Eine böse Nabelschnur legte sich zu späterer Stunde unvermittelt, spottend um seinen Hals, brachte ihn dazu sich zu übergeben, lautstark immerhin. Irgendwann jedoch würde ihm die Luft ausgehen, so viel stand fest.

Doch noch war er einigermaßen fern, dieser Tag. Trotz der Schmerzen in seinem Körper spürte er noch immer eine beinahe unverschämte Kraft in sich. Eine Kraft, die noch für viele Jahre eines Menschenlebens ausreichen dürfte – ungeachtet dessen, das er selbst tagtäglich damit befasst war diese so lang vor ihm liegende Zeit zu verkürzen. Nur diese Kraft in ihm – sie wollte bleiben. Auf der Welt bleiben.

Doch wozu eigentlich?

Immer wieder bemächtigte sich genau diese Frage seiner. Die Angst vor der Heimkehr in seine Wohnung, in der niemand als das todbringende Bild auf ihn wartete, zehrte nun bereits seit Monaten an seinem Lebenswillen.

Nacht für Nacht fand er das Bild auf dem Boden wieder, so als fände er nur im Zustand des vollkommenen Rausches den Mut es von der Wand zu fegen wie eine Naturkraft, die nach dem Leben schrie.

Tag für Tag jedoch hob er es wieder auf, fast ehrfürchtig, um es an seinen gewohnten Platz zu hängen.

Was heute, in dieser Nacht anders war, inwiefern sie sich grundsätzlich von all den anderen Nächten zuvor unterschied, vermochte er nicht zu sagen.

Jedoch fasste er den wilden Entschluss, noch einigermaßen bei Bewusstsein, das Bild in dieser Nacht nicht nur von der Wand zu reißen. Nein. Diesmal würde er es zerstören.

Eine leise Angst stieg in ihm auf. Was, wenn er gemeinsam mit dem Bild sterben würde?

Immerhin spürte er eine ungute Verbindung zwischen seinem eigenen Leben und dem Bild schon seit geraumer Zeit.

Doch dann kehrte sich die Angst in einen trotzigen Mut. Immerhin war ihm schon lange klar, dass dieses Bild ihn tötete, töten würde.

Sollte er nun lediglich für eine Beschleunigung dieses abscheulichen Prozesses sorgen, so wäre er wenigstens nicht nur der gelähmte, der hilflose Zuschauer.

Früher als sonst kehrte er heim, noch Herr der meisten seiner Sinne. Ohne zu zögern griff er sich das größte und schärfste Küchenmesser, riss das Bild auf den Boden und richtete es hin, zerschnitt und exekutierte alles, das ihm so verhasst worden

war. Still lag das Bild vor ihm. Es wehrte sich nicht. Natürlich nicht. Doch dann, fast höhnisch gab es seinen Inhalt preis und ergoss aus sich all die Flüssigkeiten eines Menschen auf den Boden, der in ein widerwärtiges Farbengemisch getaucht war, als man ihn vier Tage später dort vorfand – am Boden liegend, ein Messer in der Hand, den geschorenen Kopf auf dem zerstörten Bild gebettet.

Man hielt ihn für tot- doch das war er nicht.

Die unverschämte Kraft war noch immer in ihm. Selbst Monate später noch, als die anderen Patienten, die mit ihm in der Klinik waren, längst von der Monotonie des Klinikalltags und den Medikamenten weichgekocht waren, regte sich in ihm diese Kraft.

Im Keller hatte er einen abgelegenen Raum entdeckt, einen nicht genutzten Kunstraum, den ein gutmütiger, aufgeschlossener und zugleich recht depressiv veranlagter Arzt aus der Hippie-Ära hatte einrichten lassen, bevor er sich mittels einiger besonders gut gesetzter und chirurgisch einwandfreier Einschnitte am eigenen Körper aus dem Leben befördert hatte. Nichts als der Kunstraum erinnerte noch an ihn.

Der Ausnahme-Patient (als solcher wurde er empfunden) jedoch hatte begonnen zu malen, unvergängliche Bilder in kühlen, schönen Farben, ein entfernt an grün erinnerndes Blau, ein beinahe weiß anmutendes Gelb. Lediglich die Farbe Rot vermied er konsequent.

Seine Schulter schmerzte nun kaum noch.

Zunächst hatte er sich gänzlich unbeobachtet gewähnt, doch aus irgendeinem ihm nicht ersichtlichen Grund wurde immer wieder neue Farbe nachbestellt. Einmal die Woche standen sie im Raum, Farbtuben und Pinsel, wie von einem Geist dort abgestellt - noch bevor er ihn betreten hatte. Das Rot, das er nicht benutzte sammelte sich an und belästigte ihn mit seiner Anwesenheit. Zuerst begann er die roten Farbflaschen noch geduldig in einer der hinteren Ecken zu verstecken, bevor er an seinen Bildern zu malen begann. Doch bald war auch das nicht mehr ausreichend. Die Bestellungen wuchsen mit der Zeit, mit den Bestellungen und der Zeit wuchs das Rot. Rot blitzte an den unpassendsten Stellen und in den unpassendsten Momenten hervor. Der genaue Zeitpunkt, an dem er sich entschloss sich dem Rot zu ergeben, kann heute nicht mehr, auch nicht aus den Akten seiner Ärzte, rekonstruiert werden.
 Doch stand in seiner Abschlussakte zu lesen, dass man ihn auf dem von Wasser und roter Farbe überschwemmten Kellerraum gefunden habe. Ertrunken in einer Pfütze – gewissermaßen.

Eine Photographie der Spurensicherung, die (wie gewöhnlich) mit großer Geste und Blaulicht angerückt war, wurde beigefügt.

Die junge Praktikantin, die sich von ihren Kollegen bereits auf den ersten Blick unterschied, sah sich die Aufnahme lange an.

Sie fand, dass dieses Bild seines Todes einem tatsächlichen Bild glich.

Einem viereckigen, roten Bild, in dessen Mitte ein erlöstes Etwas lag, das noch entfernt an einen Menschen erinnerte.

An Leid und an Schmerz. Instinktiv griff sie sich an die Schulter, welche ihr seit ein paar Tagen, nach einer unüblich heftigen Bewegung während des Geschlechtsverkehrs mit ihrem spröden Verlobten, schmerzte. Ja, ein echtes Bild. In der Tat. Man legte ihr sofort und mit einer zutiefst professionellen Bestimmtheit nahe solche unsachlichen Vergleiche zu unterlassen und sich nunmehr auf ihre Arbeit zu konzentrieren.

Wahrscheinlich hat sie das auch versucht. Sie hatte etwas Ehrgeiziges und Diszipliniertes an sich, was diese Vermutung zu stützen vermag. Doch die Photographie, welche sie sich aus der Asservatenkammer gestohlen hatte, trug sie nun immer bei sich. Ein unheimliches, klagend-rotes Bild, mit dem sie sich auf kaum erklärliche Weise verbunden und zugleich bedroht fühlte.

Die Tage wurden ihr nun oft schwerer als gewöhnlich. Oft unerträglich schwer.
Doch im Dunkeln gab es etwas, was sie rettete.

In den Nächten nämlich träumte sie nur in Blau.

Die Pianistin - reloaded

Im Zug lese ich gern. Die Strecke ist ruhig und zu Beginn dunkel. Das ist so wegen der zahlreichen Tunnel. Doch meistens behalte ich meine Sonnenbrille trotzdem auf, weil mich niemand beobachten soll beim Lesen. Beim Einsteigen stört die Brille manchmal.

Es kann sein, dass ich den Schaffner nicht sehe oder einen Fahrradfahrer, der aussteigen will, um mit seinem Rad an den Bodensee weiterzufahren. Ein Afrikaner sitzt im unteren Abteil. Er trägt eine Kampfhose und darüber ein langes weißes Gewand, das sauber an ihm flattert wie eine Friedensfahne, so dass man die grün-braune Kampfhose nur ein klein wenig sieht. Fast unanständig blitzt sie unter dem Kaftan her-vor. Der Mann sieht verzweifelt aus. So als wollte er unter keinen Umständen kämpfen. Hier im Zug muss er das ja auch nicht. Ein Kind schreit als sei es über sein Geboren-Sein außer sich. Dann, seine Schwester singt ein wenig, wird es still.

Im Zug gibt es für beinahe alle eine gewisse Verschnaufpause. Meistens. Ich gehe in das obere Abteil. Dort schreit ebenfalls ein Säugling um sein Leben. Die Mutter trägt ihn auf dem Arm. Nach einer Weile wimmert er nur noch leise. Ich packe mein Buch aus. Sogar mit Widmung diesmal.

Zuerst betrachte ich das auf dem Titel abgebildete Gesicht des Autors. Der Schaffner möchte wissen, ob ich noch zugestiegen sei. Als ob er das nicht wüsste. Gerade vorhin bin ich beim Einsteigen mit dem Koffer beinahe über seinen linken Fuß gefahren.

Er entwertet mit gewichtiger Miene die Fahrkarte und wünscht mir dann einen guten Tag.

Einen guten Tag wünschen Schaffner immer erst nach Entwerten der Karte.

Die Karte wird zwar entwertet, der Wert wird dann aber direkt auf den Fahrgast übertragen, der eine noch zu entwertende Karte bei sich führte.

Daher also verabschiedet sich der Schaffner nunmehr freundlich. Nun habe ich keine Lust mehr mir das Gesicht des Autors anzusehen, da ich gleich lesen möchte. Der Schaffner hat mir Zeit geraubt. Ich kann sie aber wieder aufholen, wenn ich sofort lese.

Wenn ich gleich in der Mitte anfange, geht es noch schneller. Manchmal beginne ich in der Mitte oder sogar noch weiter hinten. Dann lese ich es zurück. Aber nur, wenn mir die Mitte und das Ende gefallen haben. Gleich wird Paul kommen, der mobile Kaffeeverkäufer, der sich *Caterer* nennt und mir immer zwei Mürbe-Kekse zu meinem Kaffee schenkt. Dafür gebe ich ihm dann etwas mehr Trinkgeld.

Sowieso kaufe ich den Kaffee nur, weil Paul das Geld braucht. Er hat fünf Enkel, eine laute Ehefrau und Schlafprobleme.

Ich muss mich beeilen mit dem Lesen bevor Paul kommt. Er wird mir auch wieder Zeit rauben. Ich schlage das Buch irgendwo auf. „Eine Pianistin" heißt die Kapitelüberschrift. Ich beginne zu lesen.

Eine Art Blitzschlag trifft mich. Erst denke ich, dass das damit zusammenhängt weil wir nicht mehr im Tunnel sind mit dem Zug. Aber das ist es nicht. Es ist die Geschichte. Parallel dazu ist der letzte Tunnel zwar ebenfalls vorbei, das Tragen meiner Sonnenbrille offiziell spätestens jetzt zu rechtfertigen, doch das ist es nicht. Es ist die Geschichte. Ich bin meiner Sonnenbrille dankbar dafür wie sie mich schützt.

Niemand soll wissen, was diese Geschichte mir bedeutet. Paul kommt vorbei. „Kaffee?" fragt er und beginnt Kekse und Pappbecher schon in Position zu bringen. Entsetzt schüttle ich den Kopf. „Heute nicht". Mein Herz klopft unerträglich schnell; Kaffee in dem Fall natürlich komplett kontraindiziert. Schuld daran ist die Pianistin.

Verwirrt klappe ich das Buch zu und versuche nun doch im Gesicht der Autoren zu lesen. Natürlich hätte ich das schon früher machen sollen.

Eine Unachtsamkeit, die sich sofort gerächt hatte. Es empfiehlt sich nämlich die Gesichter derer zu studieren, deren Geschichten man liest. Sonst trifft es einen am Ende noch vollkommen un-vorbereitet.

Und dann sitzt man da. Ohne Kaffee und mit klopfendem Herzen. Woher wusste er von ihr? Wer hat ihm von ihr erzählt? Sein rechtes Auge sieht mich wach und ungerührt an. Das linke Auge blickt ernst.

Von ihm werde ich nichts erfahren. Soll ich es ihm sagen? Soll ich ihm sagen, dass ich die Pianistin bin?

Oder wäre es, in Anbetracht der Tatsache, dass ich gar kein Klavier besitze, zu vermessen? Niemand hat mich je besser beschrieben – und niemand hat mir je ein so schönes Ende ge-schrieben.

Für dieses Ende allein lohnt sich alles, was ich zuvor gelesen habe und alles, was ich noch lesen werde. „Ich danke Ihnen für dieses Ende", denke ich laut und sehe sein Bild auf dem Cover an.

Jemand, der ein solches Ende gefunden hat für jemanden, der noch nicht einmal ein Klavier besitzt, so jemand hat es einfach verdient gesiezt zu werden.

Ich werde mich doch nicht plump vertraulich mit einem „Du" an ihn heranschmeißen. Eine Pianistin tut das nicht. Eine Pianistin, die etwas auf sich hält, erkennt den wahren Wert eines guten Stückes – sei es mit Noten versehen oder ohne. Eine wirklich gute Pianistin braucht hierfür kein Klavier. Wenige nur wissen das.

Er, dessen Auge so ernst blickt, weiß das längst. Er kennt mein Leben, vielleicht sogar mein Ende. Gedanken jagen durch meinen Kopf wie die Affen aus Salem oder wie die Affen aus der Orangerie in Strasbourg oder überhaupt wie Affen eben.

Paul möchte mir ein Käsebrot verkaufen. „Ich muss leider aussteigen", entschuldige ich mich.

Den Koffer ziehe ich hinter mir her. Das Buch habe ich nicht wieder in die Handtasche gesteckt. Ich halte es fest an mich gepresst wie eine Art Schutzschild. Die Augen des Schriftstellers stur geradeaus. Der Schaffner sieht mir nach.

Das macht er immer so. Warum, weiß ich nicht. Währenddessen entwertet er Fahrkarten. Dabei müsste er doch draußen auf dem Gleis stehen mit seiner Trillerpfeife. Irgendwie verstehe ich ihn nicht. Aber vermutlich hat das nichts zu bedeuten. Ohnehin habe ich jetzt an etwas Besseres zu denken, oder zu hören. Denn ein Musikstück möchte mit einem mal nicht mehr heraus aus meinem Kopf. Ob ich es auf dem Klavier nachspielen könnte? Ich glaube schon.

Ob mit Klavier oder ohne.

Und dieser Schriftsteller, der hat das vorher schon gewusst.

Schmerzlos

Wie er es gehasst hat wenn ich auf der Treppe vor dem Haus saß und lachte. Schon damals wusste ich, dass er es mir nicht gönnte, dass er nicht nur mein Lachen hasste sondern vielmehr meine ganze Person. Oft kam mir in den Sinn das er wohl erst selbst glücklich sein könnte wenn es mich nicht mehr geben würde. Ich weiß nicht ob er mir etwas Böses gönnte, soweit kann ich in meinen Spekulationen nicht gehen. Doch etwas Gutes zumindest, etwas Gutes gönnte er mir nicht. Seine Kleinlichkeit in diesen Dingen, die Steine, die er nach mir warf, sprachen für sich und strafte die aufgesetzte Freundlichkeit, mit der er mir zu begegnen pflegte, Lügen. In jenem Sommer in dem ich aufhörte auf der Treppe zu sitzen, in dem ich sogar begann mein Lachen auf das Drastischste zu reduzieren, begann mein Sterben. Ich fühlte es und ich fühle es noch. Es begann in dem Augenblick in dem mir bewusst wurde, dass er nur selbst würde lachen können wenn mein Lachen verstummt sein würde. Er hat es geschafft wie er alles schafft was er sich vornimmt. So wie er den Krebs damals besiegt hatte indem er einfach selbst zum Krebs wurde, zu einem sich ins unendlich ausbreitenden Etwas, zu einem Schatten der sich auf alles Lebendige legte um es zu ersticken. Die Beleidigung, die der Krebs damals ihm zugefügt hatte, indem er sich in empörender Schlampigkeit einfach in der Adresse geirrt hatte, war auf dem Weg nun gesühnt zu werden.

Denn nicht ich war damals krank geworden, sondern er. Der, welcher bis zu diesem Zeitpunkt ein Liebling der Götter genannt werden konnte und das, ohne zu übertreiben.

Nun sehe ich ihn zwar eher als Gehilfen des Teufels an, doch möge man mir diese Polemik nachsehen. Durchaus bewusst bin ich mir, dass es sich um eine solche handeln könnte. Vielleicht war es ja auch noch nicht einmal nötig den Teufel zu bemühen. Vermutlich waren die kleinen und großen Steine, die er regelmäßig nach mir warf – selbstverständlich auch dies nur im übertragenen Sinn – ausreichend genug.

Ein härterer Mensch als ich es bin wäre wohl durchaus in der Lage gewesen den einen oder anderen großen, kleinen, runden oder spitzen Stein abprallen zu lassen, zurückzuschleudern. Er hätte sich weggeduckt, hätte einen Helm getragen oder wäre in die Angriffsposition gegangen, keineswegs hätte er, so wie ich, einfach nur darauf gehofft das es aufhören könnte. Irgend-wann. Es hört niemals auf. Hier narrt uns die Hure

Hoffnung auf besonders schäbige Weise. Nur der Tod kann so etwas beenden.

Vielleicht noch nicht mal er.

Nun, da ich fühle, dass ich krank werde, wenn mir morgens beim Aufstehen schon das Blut aus der Nase rinnt und ich in den Nächten in kalter Hitze umherlege, ungeordnet wie die einzelne kleine Gabel, die nun einfach irgendwo liegt, da jemand den Besteckkasten umgekippt hat, ausgeleert von jemandem, der die Dinge auf den Kopf gestellt hat, einfach so, während es ihm selbst von Tag zu Tag besser zu gehen scheint.

Der glänzend wie ein stolzes Messer, das soeben noch einen zusätzlichen Schliff erhalten hat, weiß, dass er es auch diesmal geschafft hat.

Die Symbolik mag abgegriffen erscheinen; das Messer hingegen ist es nicht.

Er mag es nicht, wenn sich das Schicksal irrt, und diese kleinen oder großen Fehler auszumerzen – damit kennt er sich auf das Beste aus.

Weitere Gedanken wird er mit Sicherheit nicht daran verschwenden, nicht an die Steine und nicht an mich denn schmerzlos ist er nun.

Gänzlich schmerzlos.

Sternengucker

In Reha-Kliniken geht es, na ja, sollte es um Reha gehen. Um eine Art Rehabilitation, was auch immer damit gemeint ist. Aber in Wahrheit geht es dort um etwas Anderes.

Abgeschnitten vom übrigen Leben, meist gut ausgeschlafen, ausreichend ernährt und im Überfluss was Zeit betrifft sucht man etwas ganz Bestimmtes. Dieser Überfluss, zudem gekoppelt mit der Tatsache, dass es gerade dort, in diesen Kliniken schwer ist, dieser Zeit zu ertragen. Zeit, die sich zuweilen wie eine unbestimmte Drohung vor einem aufbaut, verführt dazu.

Zeit oder Zeiteinheiten denen man nicht mehr entrinnen kann durch Geschäftstermine oder sonstige Aktivitäten des Lebens außerhalb.

Wahrscheinlich ist es nicht in jeder Klinik so. Die meisten werden mittlerweile gut durchstrukturiert sein und voller Tagespläne und Therapieangebote für die Patienten.

Aber es gab eine Klinik in der das so war. Eine Klinik mitten im Wald auf einer Anhöhe gelegen. Zu Fuß war weit und breit keine andere Ortschaft zu erreichen. Es gab nur diese Klinik im Wald.

Zufällig war sie im Schwarzwald. Sie hätte aber auch in Polen sein können mit seinen riesigen, verlassenen Wäldern oder im äußersten Norden

Schwedens. Sie hätte überall dort sein können wo es einsam war. Das Gebäude war so hoch gelegen, dass der Nebel an manchem Tagen wie ein Kaleidoskop aus Wolkenfetzen erschien. Wenn man aus dem Fenster sah dann gab es nichts als Bäume.

Die Klinik selbst hatte etwas Geisterhaftes. Wie eine riesige Villa aus längst vergangenen Zeiten. Wie ein Geisterschiff ausgespuckt ins Nirgendwo, in die höchsten und einsamsten Höhen des Schwarzwaldes. Nichts im therapeutischen Ablauf der bunt zusammengewürfelten Patienten war hier strukturiert, bis auf eines:

Die meisten reisten montags mit ihren Autos an und fuhren freitags heim ins Wochenende.

Das waren die Psychosomatiker.
Die Suchtpatienten mussten da bleiben.

Es waren nicht viele und das Geisterhaus wurde an den Wochenenden noch um ein Vielfaches geisterhafter wenn die meisten Therapeuten im Wochenende waren, die Pfleger und Schwestern auf ein Minimum reduziert waren und sich etwa 20orientierungslose Menschen in einem fast monströsen, grauklobigen und gänzlich unübersichtlichen Gebäudekomplex verloren.

Und spätestens an diesen Wochenenden ging es nicht mehr um Rehabilitation. Es ging um den Kampf mit der Zeit.

Das ist der Grund, zumindest bin ich mir da ziemlich sicher, warum es an diesen Wochenenden besonders zur Sache ging zwischen den Geschlechtern.

Ich weiß es nicht genau, aber es kam mir so vor als seien nur zwei Menschen dort, die sich nichts daraus machten.

Die es wahrscheinlich nicht mal ertragen hätten wenn es bei ihnen zur Sache gegangen wäre.

Der eine war der Sternengucker. So habe ich ihn genannt weil er nachts die Sterne mit einem Fernrohr betrachtete.

Er stand oder saß mit mir auf einem der zahlreichen Balkonvorrichtungen der über dem Nirgendwo irgendwie rätselhaft an das Gebäude befestigt schwebte.

Nur der dunkle Nachthimmel und die Bäume teilten die Zeit mit uns, diese unzählig vielen, dunklen Bäume.

Der eine Mensch, der sich aus dem Einen nichts machte war also der Sternengucker.

Der andere Mensch war ich.

Der Sternengucker war ein melancholischer, trinkender Maler aus dem Osten Deutschlands. Vielleicht war er auch ein malender Trinker. Das war nicht wichtig.

Ich vertraute ihm denn er wollte nicht mit mir schlafen und ich nicht mit ihm.

Allein schon die Vorstellung wäre für ihn eine Zumutung gewesen. Ich glaube, dass er das Thema einfach satt hatte.

Der Sternengucker war 30 Jahre älter als ich. Er sah gut aus, irgendwie wie Ernest Hemingway fand ich und er hatte mit Sicherheit sehr viele Nächte in sehr vielen Betten verbracht.

Aber die Tatsache, dass er sich mittlerweile, allen Annäherungsversuchen der vielen weiblichen Interessierten zum Trotz, geradezu phobisch dagegen sträubte ließ ihn für mich zu einer beruhigend geschlechtslosen Person werden.

Für mich war das gut denn damals hätte ich mit niemand anderem meine verletzliche Zeit auf den Nachtbalkonen der Klinik verbringen können.

Es waren viele Balkone, kaum abgetrennt, vergleichbar mit langen Anbauten über die man von außen in beinahe jedes Zimmer der Klinik gelangen konnte.

Ich glaube, dass es für ihn auch gut war. Er nannte mich „Sternchen", was irgendwie albern klang. Aber es machte mir nichts aus.

In den geschlossenen Räumen konnte man hören, wie es zur Sache ging. Es beunruhigte mich. Allein von den Geräuschen fühlte ich mich zerstört und dem Sternengucker schien es ähnlich zu gehen.

In diesen Nächten redeten wir kaum. Wir saßen da und sahen in die Sterne.

Wir versuchten, uns durch die Überzahl der Bäume und der Allgegenwart der Geräusche nicht entmutigen zu lassen. Die Nächte der Wochenenden verbrachten wir durchweg draußen.

Wir rauchten nicht einmal. Wir saßen nur da. Und die Geräusche um uns herum erschienen mir wie ein schrecklicher Abklatsch des Schönen, was ich unmittelbar vor meinem Aufenthalt in dieser Klinik erlebt hatte: die unbeschreibliche, die mit nichts zu vergleichenden Liebe.

Die Liebe, welche selbst noch in ihrem körperlichen Ausdruck als Liebe hatte bezeichnet werden können. Eine Liebe wie aus einem Leonard Cohen Song. Aber nicht aus irgendeinem.

Ich hatte keinen Namen für dieses Gefühl. Es war etwas, das um ein Vielfaches stärker als ich selbst zu sein schien.

Es erschien mir unvorstellbar, jemals wieder mit einem anderen Mann als diesem Einen zusammen zu sein. Und trotzdem hatte ich es vergeigt. Es war unvorstellbar, dass ich es hätte vermasseln können. Aber irgendwie hab ich es getan.

Und jetzt saß ich hier, Seite an Seite mit dem Sternengucker, und fand alles nur unvorstellbar.

Es erschien mir, als könnte ich das nur im Schweigen versuchen auszuhalten und so saßen der Sternengucker und ich bis tief in den Herbst hinein auf den Balkonen und schwiegen.

Eine merkwürdige Distanz war zwischen mich und das Leben getreten. Alles schien tot. Die Bäume, die Sterne, ich selbst. Der Sterngucker versuchte niemals seinen Vorsprung an Lebensjahren zum Besten zu geben.

Nie hörte ich solch abgedroschene Sprüche der vermeintlichen Lebensweisen wie diese, dass die Zeit alle Wunden heilen würde. Sogar die, die man sich selbst zugefügt hat.

Nichts in dieser Richtung habe ich je von ihm gehört. Dazu war er viel zu klug.

Denn wie könnte sie, wo sie, die Zeit, doch selbst die Wunde war. Ich glaube, dass er das gewusst hat, der alte Sternengucker.

Meine Zeit hatte die Wunde nicht heilen können.

Das habe ich damals schon gewusst. Manche Dinge weiß man einfach. Seither bin ich weiter gereist in der Zeit. Und Vieles ist gut geworden. Aber nicht durch die Zeit an sich. Niemals durch die Zeit an sich. Auch wenn es manchmal so aussieht. Der alte Sternengucker wurde vor mir entlassen. Rehabilitiert. Zumindest im Ansatz. Geglaubt habe ich das nicht.

Zum Abschied hat er mir nämlich sein Fernrohr dagelassen. Verlassen steht es nun im Raum. Ich habe nicht wieder hindurchgesehen. Ich konnte es nicht. Vielleicht weil er mich verlassen hat. Uns alle.

Warum sonst hätte er es dagelassen, dieses Fernrohr, durch das ich nun ohnehin nur noch schwarze Löcher gesehen hätte.

Doch, ich gebe es zu: Besonders in den hellen Nächten geriet ich ab und an in Versuchung. Ich baute es auf und wieder ab. Bis ich mich schließlich zurücklehnte und die Sterne ohne fremde Hilfe betrachtete.

Ganz für mich allein.

Ab und an erscheint es mir so, als leuchteten sie nur für die, welche die Nächte auf den Balkonen zugebracht haben. Rauchend oder nicht – und still genug um sie zu sehen, die Sterne.

Wirklich zu sehen.

Prager Frost

Es geschah am 15. Januar des Jahres 1887, als Anton, Sohn des stets geschätzten Schuhmachers Nathanael Sternberger zu Prag, mit einem Herzleiden geboren, und infolgedessen von seinem Vater von Anbeginn seines Lebens ignoriert wurde.

Zunächst war man sich nicht ganz sicher, ob dieses merkwürdige Verhalten Antons Krankheit oder aber vielmehr einer Eigenart des Schusters im Umgang mit Neugeborenen zuzuordnen war. Doch als schließlich Elias, der Zweitgeborene, in der Johannisnacht des darauffolgenden Jahres die Welt erblickte und Anton das Bettchen der Neugeborenen streitig machte, stellte man voller Verwunderung fest, dass Nathanael wie ein Schatten an Elias hing, und es kaum einen einzigen Augenblick gab, in dem er ihn nicht mit äußerstem Stolz im Ausdruck erfüllt von Glück mit sich herumgetragen hätte.

Anton, den Erstgeborenen hingegen würdigte er kaum einer Erwähnung - geschweige denn eines Blickes. So wuchs dieser, ungeachtet der Bemühungen seiner ebenfalls kränklich veranlagten Mutter, weitgehend für sich auf, eingesponnen in das Geflecht seiner eigenen, beinahe schon phantastisch anmutenden Welt, in dem Körper und Körperlichkeit ihre tragende Rolle verloren hatten.

Selbst größte Hitze und die vielbeklagte Kälte des Prager Winters machten ihm in dieser Lage nichts mehr aus. Weit weg war er, flog über alle und alles hinüber. Gelegentlich sogar über sich selbst.

Elias hingegen wuchs und gedieh zu einem prächtigen, hochgewachsenen, außerordentlich starken Mann, der sich in allerlei Wettkämpfen maß, wobei es in den allermeisten Fällen bereits festzustehen schien, dass Elias, und niemand Geringerer als er, den ersten Preis bei jeglicher so gearteten Veranstaltung würde erreichen können- vielleicht sogar würde erreichen müssen.

So sehr sein Vater den Blick von Anton abgewandt hatte, so sehr haftete dieser nun auf dem Stolz seiner Tage, auf Elias, dem prächtigsten, dem begehrens-wertesten, dem unverletzbarsten aller jungen Männer vor Ort.

Anton hingegen hatte sich, besonders nach dem Tod seiner Mutter, in einem der besonders feuchten und verregneten Frühsommer, welche an manchen Tagen sogar mit Frost begannen und somit leicht imstande waren einem auch noch den winzigsten, kümmerlichsten Rest von Lebens-freude zu entziehen, nun vollends in seine eigene Welt geflüchtet.

In oft Monate andauernden Meditationen suchte er sich dem Wesen der Dinge zu nähern.

Interessieren tat man sich nicht für den blassen, fast durchscheinenden Anton, bis der Pfarrer durch einen Zufall entdeckte, dass es niemandem außer Anton gegeben war die rechten Worte für die jeweils Trauernden einer Gemeinde zu finden.

Anton wurde nun immer häufiger dazu gezogen, selbst die Predigten verfasste er mittlerweile - im Auftrag des Pastors zwar- doch war es nicht im

Interesse desselben diesen Umstand an die größte der alten Kirchenglocken zu hängen, so dass nur ein zartes Bimmeln, ein kleines Raunen durch die Schar der Gemeinde ging, wenn einer der Sätze ihnen zu gut durchdacht, zu filigran gefeilt, zu kunstfertig und allzu nachdenklich zu ihnen sprach.

Wohl wussten sie, dass ein solcher Satz nur aus Antons Feder stammen konnte, doch hielt man es dem Pastor zugute, dass dieser Anton immerhin entdeckt und der Gemeinde zugänglich gemacht hatte. Nur, gerade so als könne er noch immer nicht aus seiner Haut: Antons Vater teilte die hohe Meinung, welche sich seinem Sohn nun von allen Seiten offenbarte, nicht. Misstrauisch saß er fortan in der letzten der Kirchenbänke, nur noch die unmittelbar tröstende Gewissheit im Rücken von dieser jederzeit und unbemerkt ins Freie entweichen zu können, sollte die Verehrung seines schwer verkrüppelten und kränklichen Sohnes Anton noch weitaus albernere Züge als bisher annehmen. Die Sonntagnachmittage hingegen entschädigten den Vater allesamt für die zu einer lästigen Pflicht gewordenen Kirchenbesuche. Mit Elias trainierte er im Wald, bereitete ihn auf das nächste Dorfrennen vor oder auf das Kräftemessen im Heben besonders schwerer Gegenstände, wie grober, umgeschlagener Baumstämme. Ich denke nicht, dass es Grausamkeit des Schicksals war oder gar eine Art Rache am Vater. An solcherlei überaus primitive Kausalzusammenhänge, welche von purer Rachlust eines vermeintlich höherstehenden Wesens zeugen würden - könnte ich niemals glauben.

Wäre es doch ein solch unsinniges Unterfangen, das es mir unwahrscheinlich erschiene, warum sich jemand diese Mühe machen sollte. Doch schweife ich ab, greife voraus, denn dieser meiner Überlegung kam ein gänzlich unvorhersehbares Ereignis zuvor.

Elias, der Schöne und Starke, der immer lachende und wettergebräunte Liebling des Vaters und Favorit so ziemlich jeder Frau und manchen Mannes des Ortes (selbstverständlich wie es sich eben geziemte: Im Verborgenen) fiel an einem dieser lieblichen Sonntagnachmittage mit dem Gesicht nach vorn der Länge nach um, wie ein gefällter Baum. Mit dem Gesicht im frischen Junigras lag er regungslos.

Der Vater lief in stummem Entsetzen in den Wald hinein, ließ den Toten unter Schmerzen, die kaum eines Menschen Geist ertragen konnten, zurück und wurde erst fünf Tage später, fast unmittelbar vor der Beisetzung des geliebten Sohnes, wieder gefunden, aufgegriffen, mit Nahrung und ausreichend Selbstgebranntem versorgt, in einen schwarzen Anzug gesteckt und beinahe willenlos zur Kirche geführt. Trotz der Bemühungen der Nachbarin dies noch auf dem Weg mit Kamm und Bartschere zu ändern erreichte er diese zerzaust wie ein heimatloser Vogel und bärtig wie ein Tagedieb. Elias, dort aufgebahrt, sah noch im Tod wie das Leben selbst aus. Das dichte helle Haar umschmiegte sein schönes Gesicht. Unwillkürlich breitete sich ein kurzes Lächeln des Vaterstolzes auf seinen Lippen aus, erwuchs und erlosch im Augenblick, in dem sich Anton, bleich und verwachsen, mit ernstem, gefasstem Gesichtsausdruck den beiden näherte. Vater und Sohn.

Selbst im Tod war Elias dem Vater näher, und er gab sich keinerlei Mühe dies vor Anton zu verbergen. Im Gegenteil. Wut stieg in ihm hoch und verweilte boshaft in seiner Kehle, steckte fest und wuchs von dort nach innen, verknotetete sich zu einem in sich nicht zu entwirrenden Klumpen des Hasses darüber, dass es der falsche Sohn war, der nun gleich zu Grabe getragen werden musste.

„Vater", sprach Anton leise, setzte sich neben Nathanael und nahm seine große, grobe und warme Hand in die Seinen. Feingliedrig und kühl, beinahe wie die Hände einer Frau fühlten sie sich an. Kaum spürte Nathanael sie bei sich - und doch war sie da, diese unsägliche Hand. So wie Anton da war. Anton, der ihm während der gesamten Zeremonie nicht von der Seite wich.

Der Vater konnte beim besten Willen nicht sagen, ob ihm dieser Ausdruck plötzlicher Nähe zutiefst zuwider oder einfach nur unangenehm sein sollte. Die Blicke der Gemeinde, die mit einem gewissen Wohlwollen auf ihm ruhten, gerade so als sei dies hier, seine Geschichte, die nun zu etwas Besonderem geworden war etwas, das sie auf verstörende Weise entzückte, empfand er als empörend, als geradezu unerhört.

Eine Variante des „verlorenen Sohns", die ihm nicht geheuer war, und welche im Grunde nichts mit dieser traurigen und unsinnigen Geschichte zu tun hatte, welche sich den Verlust seines innig geliebten Sohnes zum Inhalt schuf. Wie dies nun zu einer Art biblischer Geschichte anwuchs entzog sich seinem Verständnis.

Wie er die so offenbar selbstzufriedene Gemeinde in jenem Moment hasste.

Er hätte Feuer in ihre Mitte schleudern wollen - kraft seiner Hände, falls es ihm nur möglich gewesen wäre. Doch wem machte er hier etwas vor? Nichts würde er schleudern, gar nichts.

Er, Nathanael, saß hier vor der Leiche seines Sohnes`, der noch vor einer Woche der Inbegriff eines unvergänglich scheinenden, mit allem gesegneten Menschen gewesen war.

Und obgleich mir der Gedanke, dass es Grausamkeit des Schicksals war, noch immer fern liegt, und ich mich noch immer nicht zu einem Glauben an die Rache eines Gottes bekennen kann - Antons Vater tat es.

Es musste einen Schuldigen geben. So etwas konnte nicht einfach nur so geschehen, einfach nur so. Hätte dies doch bedeutet, dass das Leben seines Elias letztlich bedeutungslos gewesen wäre.

Nein. Sinn und Bedeutung mussten sich irgendwo verbergen. Er musste nur suchen, suchen.

Anton, mit dem Ausdruck eines ihm widerwärtigen Mitleids, verwies ihn auf seine eigene, nun schon Jahre zurückliegende Suche.

Der Sohn wollte ihn teilhaben lassen an dem, was er gefunden zu haben glaubte. Meditation. Was für eine Zumutung. Ein bitterer Geschmack in seinem Mund, ein unwillkürliches Ballen seiner Fäuste war alles, was er darauf zu antworten gewillt war.

Doch nein. Er würde natürlich weder vor Anton ausspucken noch ihn schlagen. Er würde sich, der Teufel wusste warum, wenigstens diesmal, zusammennehmen und zumindest vorgeben Anton zu mögen.

Was Nathanael weder ahnen noch wissen konnte war, dass Anton nur scheinbar die Kunst der Meditation erlernt hatte.

In Wahrheit war er über diese hinausgegangen, hatte sich etwas Diabolischem, dem „luziden Träumen", hingegeben, wodurch es ihm gelungen war seinen Körper, mit dem ihn ohnehin nichts verband, zeitweise zu verlassen. Auf dieser Ebene, und wieder möchte ich betonen, dass er, obgleich von gewissen diabolischen Kenntnissen durchdrungen, dennoch kein einfacher und schnöder Racheakt der Tatsache zuzuordnen war, dass er auf einer dieser luziden Reisen seinen jüngeren Bruder Elias über den Umweg seines Geistes getötet hatte.

Rache war indes nicht seine Absicht gewesen. Er verspürte keinen Groll gegen Elias, wenngleich er davon ausging, dass Nathanael, sein Vater, durchaus eine wichtige Lektion zu erlernen habe.

Doch auch diese Überlegung entbehrte primitiven und dumpfen Vergeltungsgedanken. Vielmehr war es ihm daran gelegen dem Vater die Angst vor dem Verlust zu nehmen, die diesen am Tag seiner Geburt, am Tag der Geburt des herzkranken Sohnes. ereilte. Anton, elender Verursacher dieser gänzlich fruchtlosen Ängste, sah sich nun in der Pflicht dem Vater zu zeigen, dass es keiner Notwendigkeit entsprang sich allzu sehr an das irdische Dasein zu klammern, allzu sehr das Hier und Jetzt zu zelebrieren, wie er es gemeinsam mit Elias getan hatte. Doch irrte er sich, der verblendete Vater, denn ganz andere Sphären hatte Anton durchwandert, wissend um die kurze Zeit auf Erden, wohl wissend um die weitaus wichtigeren, größeren Dinge.

Jedoch erkannte er, der gelernt hatte aufs Genaueste in jeglichen Gesichtern zu lesen, die vergebliche Anstrengung seines Vaters, welcher sich in höchst ungelenker, ganz offenkundig heuchlerischer Form um etwas falsche Freundlichkeit bemühte.

Die Lüge war viel zu offensichtlich und wog allzu schwer, doch, was für Anton noch sehr viel schwerer wog, war das damit einhergehende vollkommene Unverständnis, welches sich hiermit zugleich offenbarte und vor ihm entblößte. Nun kam selbst Anton nicht mehr darum herum eine zunehmende Missgestimmtheit in sich zu spüren, welche zunächst nur ein wenig aufkeimte, um dann aber jedoch mit exponentieller Verstärkung all des bisher nie wahrgenommenen Ärgers zu etwas anzuwachsen, das weitaus stärker als er selbst zu sein schien.

Beinahe schon aus Gewohnheit verließ er fluchtartig seinen Körper, eine Übung die ihm durch lange Vertrautheit ein Leichtes war.

Doch selbst da er nun vom Körper losgelöst den Vater von oben sah, konnte er sich von dieser Wut nicht lösen.

Er versuchte es mit allerlei Ablenkungen – doch vergebens.

Und so geschah es, dass auch Nathanael, ähnlich wie sein Sohn Elias, ohne Vorwarnung und ohne ersichtlichen Grund noch in der Kirche mit einem erstaunten Röcheln leblos zusammenbrach.

Stöhnend fuhr Anton zurück in seinen Körper – wohl wissend, dass er nun wohl so etwas wie Schuld, oder doch zumindest so etwas wie Bedauern fühlen sollte. Doch dem war nicht so.

Die Feierlichkeiten um seinen Bruder und um seinen Vater ließ er noch über sich ergehen.

Wie zu erwarten stand die Gemeinde voll der guten Worte, die ihn jedoch nicht erreichten, hinter ihm.

Zuletzt pflanzte er (mitten in der Nacht, da dies für das Wachstum von Bäumen der Sage nach eine verhältnismäßig große Bedeutung spielte) einen kleinen, recht unscheinbaren Baum auf dem frischen Grab der Verstorbenen, bekreuzigte sich kurz und routiniert, verweigerte jedoch standhaft das Gebet.

Schließlich verließ er die Stadt, was eine ungewöhnliche Anstrengung für ihn darstellte.

Sein Herz klopfte laut, fröhlich und ein wenig wirr in der nun aufkommenden, verhaltenen Wärme der frühen Prager Morgenstunden.

Das Fensterbild

An unzähligen Tagen war ich auf dem Weg zur Arbeit hin an seinem Fenster vorbeigegangen. Sehen ließ er sich nicht oft, vielleicht war ihm bewusst, dass er kein Mensch mehr war, der sich so ohne weiteres sehen lassen konnte. Oft roch ich nur die Mischung aus kaltem Rauch und altem Matetee, die zu jeder Zeit aus seinem Zimmer drang, da er sein Fenster Tag und Nacht geöffnet hielt. Der Fensterbauer hatte das Fenster beim Einbau wohl mit einem Fensterladen verwechselt- oder aber er war nicht recht bei der Sache gewesen. Im Ergebnis jedoch ließ sich dieses Fenster lediglich nach außen öffnen, wo es direkt über dem Fußweg aufklappte wie die erstaunten Münder der Passanten. Zumeist war es verschmutzt, was jedoch nicht unvorteilhaft war, da man somit vorgewarnt war und sich den Kopf nicht stieß. Auch Vögel fielen nicht auf dieses Fenster herein in dessen Mitte ein Fensterbild prangte. Es handelte sich um ein blau-grün-gelbes Mandala, in dessen Mitte eine Art Paradiesvogel abgebildet war. Dieses Fensterbild war es was ich, gemeinsam mit dem kalten Rauch, dem Matetee und dem Wissen um sein enormes Bücherregal (er hatte es mir einmal zu meiner Verblüffung gezeigt) mit dem ansonsten beinahe unsichtbaren Nachbarn verband. An manchen, seltenen Tagen erschien er kurz am Fenster. Kurz zwar, doch lang genug, dass ich an den letzten Tagen vor seinem Tod deutlich sehen konnte wie es um ihn stand. Im Grunde hätte mich das, was folgte nicht besonders wundern dürfen. Dennoch. Der Container vor seinem Fenster, randvoll mit einigen kleinen Möbel-stücken und unzähligen Büchern, verstellte mir den Weg. Er verstellte in mir in mehr als nur einem Sinn. Ich kam nicht an ihm vorbei, und ich kam nicht über ihn hinweg. Merkwürdig angesichts der Tatsache, dass es sich um eine mehr als beiläufige Bekanntschaft gehandelt hatte. Vielleicht weil dieser Tod mich be-schämte.

Dieser einsame Tod und dieses Leben, das nun im Container lag. Ganz oben auf dem wüsten Stapel des nicht mehr Brauchbaren war auch das Fensterbild. Es war an einer Seite mit einem Buch eine Art Symbiose eingegangen, indem es sich an es zu schmiegen schien. Auf der anderen Seite flatterte es bereits ein wenig im Wind, so als wollte es sich rasch in die Lüfte erheben. Ich nahm es mit mir. Zunächst wollte ich es an meinem eigenen Fenster befestigen, doch dann erschien mir das, ich weiß nicht warum, unpassend. Vorsichtig legte ich es zur Seite und befestigte es mit einem meiner Bücher, damit es sich nicht wellte.

Gewellte Fensterbilder haben grundsätzlich einfach weniger Optionen, und ich möchte, dass es nichts gibt das dieses Bild aufhalten könnte. Irgendwann würde seine Zeit kommen. Wenn ich mir jemals einer Sache sicher war, dann diese. Jetzt wartet es also auf seinen nächsten, besseren Bestimmungsort.

Wie wir alle, irgendwie.

Ein Besuch der alten Dame

Warum sie ausgerechnet mich besuchte, wird mir immer ein Rätsel bleiben. Elsie, die mir im Kino damals aufgefallen war, hatte es jedenfalls offenbar ausdrücklich auf meine Gemeinschaft abgesehen. Fremd hatte sie damals auf mich gewirkt, und fremd wirkte sie auch jetzt. Die Welt war ihr offenbar, auf die ein oder andere Art, einfach abhanden gekommen. Ein Arzt hätte vermutlich den Beginn einer rasant voranschreitenden Demenz diagnostiziert; ihre plötzlichen Aussetzer, und ihre Ratlosigkeit fielen mir bei unseren Treffen am meisten ins Auge. Dann begann sie von Präsenzen zu berichten, die sie spürte. Von bösen Geistern und sprechenden Bäumen, von Menschen, die in ihre Gedanken eindrangen und sie zwangen sich Episoden ihrer Vergangenheit auf einer eigens für sie aufgebauten, großen Leinwand anzusehen. Doch fehlten dort wichtige Sequenzen, so dass alle Filme bruchstückhaft blieben und ihnen der Sinn fehlte die einer in sich stimmigen Erzählung normalerweise innewohnt. Ich machte ihr den Vorschlag aus den Bruchstücken ein Kaleidoskop zu bauen, und wiederum daraus ein Bild für sich in sich zu erschaffen, das stärker war als die Präsenzen, die Geister und die Bruchstücke an deren Kanten sie sich schnitt. Was aus meinem Vorschlag geworden ist, kann ich nicht sagen. Nach diesem letzten Gespräch habe ich Elsie nie wieder gesehen. Im Eingangsbereich des Kinos, dort, wo sie mir an einem kalten Abend zuerst aufgefallen war, hielt ich lange vergeblich nach ihr Ausschau. Meine Freunde sagten mir, ich sei zu sentimental. Eine demente alte Frau, die ich obendrein nur durch einen Zufall kennengelernt hätte, ginge mich nun wirklich nichts an, und der Gedanke an sie würde mich nur unnötig herunterziehen. Es half nicht. Elsie ließ sich nicht so einfach aus meinen besorgten Gedanken vertreiben. In einsamen, langen Spaziergängen suchte ich sie und glaubte das ein oder andere Mal für eine kurze Zeit ihr Gesicht zu erkennen. Doch irrte ich mich in jedem dieser Fälle. Von Elsie gab es weit und breit keine Spur. Auch die Polizei und die Presse informierte ich von ihrem Verschwinden. Ich glaubte nicht, dass sie tot war. Etwas in mir war fest davon überzeugt, dass sie lebte. Bis zu der Nacht, in der ich von einem riesenhaften Kaleidoskop träumte, so unbeschreiblich groß und farbig, dass es mir nicht möglich ist dies in Worte zu fassen. Seit dieser Nacht habe ich aufgehört nach ihr zu suchen. Einige Wochen später wurde ihr toter Körper in einem Waldstück gefunden. Sie war dort offenbar in verwirrtem Zustand erfroren. Den genauen Zeitpunkt ihres Todes konnte man nur ungefähr festlegen. Doch ich war mir sicher, dass ich ihn genau kannte. Das Kaleidoskop hatte ihn mir verraten. Sie wollte sich damit wohl von mir verabschieden. „Gute Manieren – bis zuletzt", hatte ich mir noch gedacht. Doch beim Besuch einer so feinen alten Dame wie Elsie eine war, ist es ja wohl auch nicht anders zu erwarten.

Des Wahnsinns Beute

Sie war so ein Mensch, der, wenngleich auch nicht wirklich am Anderen interessiert, sich doch zumindest die Fähigkeit zur Heuchelei bewahrt hatte, mit welcher es ihr vortrefflich gelang ein ausgesprochenes Interesse an den Erzählungen, den Nöten, den Vorkommnissen- kurzum ein Interesse am Leben Anderer vorzugeben.

Nur ab und zu war ihr – verräterisch- in letzter Zeit ein unanständiger Gähner entschlüpft, hatte eine winzige Abweichung ihrer Stimme oder ein kaum sichtbares Abschweifen ihrer Blicke die Wahrheit entblößt- nämlich die wachsende Abneigung an den Geschichten Anderer - wenngleich ihr Interesse, eben diese das nicht merken zu lassen, durchaus noch vorhanden war.
Vermutlich lag es daran, dass ihr der prinzipielle Tauschwert eben jener Währung bekannt war – allzu bekannt durch eine, während einer heftig durchlebten psychotischen Phase überall qualvoll empfundene Einsamkeit - ausgelöst durch die Unmöglichkeit mit Anderen in einen zumindest annähernd vernünftigen Kontakt zu treten. Auch hatte sie sich des Eindrucks nicht erwehren können, dass man sie mied. Dies war keinesfalls lediglich ein trügerisches Gespinst ihrer Einbildung. In der Tat versetzte ihr temporäres Abgleiten in den Wahnsinn zahlreiche Freunde wie Verwandte gleichermaßen in eine recht gedrückte, elende und nur schwerlich zu beschreibende

Stimmung. Ob es eine eher allgemeine Alarm-
bereitschaft war oder eine spezifischere Abscheu
vermochte sie nicht mit Sicherheit zu sagen –
doch stand es außer Frage, dass sich die
Menschen von ihr abwandten, dass ihr Anders-
Sein zu einem Graben wurde, den kaum einer
mehr gewillt war zu überbrücken.

Kein Sturm, nicht einmal mehr ein kleiner Wind.
Vielmehr der schwüle und trockene Stillstand
eines Gewächshauses, in welchem weder Tomaten
noch Bohnen gediehen, sondern ausschließlich
wurmartige Gebilde, Auswüchse eines geradezu
tückischen Wahnsinns, mit dem ihr Geist sie
vorübergehend bestraft hatte. Wie eine Strafe,
vermutlich gar die höchst denkbare Strafe, war
ihr das zumindest vorgekommen. Eine Weile hatte
es gedauert sich aus dem bedrohlichen, giftgrün-
gallertabartig wirkenden Geflecht und den darin
verwobenen Fallstricken in sich zu befreien.

Ich denke nicht, dass es ihr hinterher noch
möglich war ein ernsthaftes Interesse für einen
anderen Menschen aufzubringen.

Wenn man einmal so weit weg war- gleichsam als
hätte man vom Baum der Erkenntnis gegessen-
wie kann man dann jemals wieder in den mehr
oder weniger paradiesischen Zustand der Unkenntnis gelangen?
Der Unkenntnis darüber, dass die Hölle kein Ort
ist, der einen erst nach dem Tod erwartet und der
irgendwo tief unter der Erde lokalisiert ist.

Das schmerzhafte Wissen darüber, dass sie mitten in uns sitzt. Das Wissen darüber, dass sie unsere Seelen mit einem höhnischen Schlag zerschmettern kann, oder aber sie auch langsam ersticken kann, wie es ihr beliebt.

Die Hölle, die jederzeit ausbrechen kann wie eine bösartige, gelbgesichtige Vulkan-Riesin und alles, das jemals gut war, auslöschen kann, wenn ihr danach ist.

Das Wissen darüber, dass man dennoch auf eine Art angezogen ist von dem Weg zum Wahnsinn hin. Angezogen von der Verlockung sich ihm ganz und gar hinzugeben. Ich denke das Gefühl einer solch universellen Bedrohung lässt keinen Zweifel daran aufkommen, dass es vielleicht einen Weg hinaus geben mag – nicht aber einen Weg zurück. Und so stand sie draußen. Sie stand da ebenso draußen, draußen vor der Tür, wie der Kriegsheimkehrer Wolfgang Borchert.

Der Heimkehrer, der keiner war. Nur, anders als er, hatte sie ihren Fuß in der Tür. Zumindest den.

Ihre Verbindungsstelle waren die Konventionen, die sie studierte und an denen sie sich zu orientieren vermochte.

Auch fand sie heraus welche Eigenschaften bei den meisten Menschen die geschätztesten waren, und sie machte sie sich zueigen.

Eine dieser besonderen Eigenschaften war das Zuhören-Können.

Bald schon war sie dafür bekannt immer ein Ohr für die Menschen zu haben, aufmerksam und interessiert dem zu lauschen, was sie ihr zu offenbaren sich getrauten. Diese Gabe, die ja keine war sondern lediglich etwas gänzlich An-trainiertes, verhalf ihr über einen langen Zeitraum zu so etwas wie Freundschaften. Sie fühlte sich wohl dabei.

Nur konnte wohl damals niemand außer ihr selbst wissen, dass auch dieses zeitlich begrenzt sein würde, denn die Krankheit, in ihr regte sich wieder.
Die Krankheit, die sie von jedem abtrennte- auch von sich selbst.

Es begann unscheinbar mit der vorab erwähnten zunehmenden Unfähigkeit das Interesse für den anderen wenigstens noch vorzugeben.

Ihr Gähnen kam für den, der sich ihr öffnen wollte, einem Schlag ins Gesicht gleich.

Man nahm es ihr übel. Es schien einfach alles zu entwerten und in Frage zu stellen.

Anderen Menschen hätte man es vielleicht nachgesehen – nicht aber ihr. Zu hoch war die Meinung über sie mittlerweile angewachsen.

Fast schon hatte diese hohe Meinung an Verehrung gegrenzt denn unter den Menschen gibt es nur wenige, die zuhören können.

Umso besonderer, verehrenswerter, diviner war sie erschienen – als eine Ausnahme, als jemand, der die Welt besser machte als sie tatsächlich war.

Diesen Glauben, diese Hoffnung hatte sie erstaunlicherweise zu geben vermocht.

Und beides zerbarst an der Grausamkeit ihres Gähnens, dem winzigen, aber unüberhörbaren Ton des Gelangweilt-Seins in ihrer Stimme, dem unabwendbaren Abschweifen ihrer Augen, dem offenbaren Unwillen die anderen auch nur noch aussprechen zu lassen.

Und sie, die das Gefühl ihres Werts, ihrer Wichtigkeit aus ihr geschöpft hatten, fühlten sich mit einem mal so furchtbar, so unerwartet und frevelhaft betrogen.

Als der Wahnsinn sie schließlich wieder fest bei sich hielt und sie ganz und gar für sich alleine zu haben glaubte, bemerkte er, dass sie diesmal nicht alleine gekommen war,

Viele waren ihr gefolgt.

Die, denen nun niemand mehr zugehört hatte. Ein Verlust, den sie hinzunehmen nicht bereit waren, obgleich es doch, der Leser weiß es (wie so oft) besser, gar kein Verlust gewesen sein konnte. Doch solcherlei, eher künstliche Unterscheidungen grenzen ohnehin an Spielerei. Das Ergebnis blieb dasselbe. Und so waren ihr, ich habe es bereits erwähnt, die Unerhörten nachgefolgt, vielmehr als das jedoch. So waren dem Wahnsinn auf beinahe obszöne Art und Weise nachgejagt.

Zu viele für seinen Geschmack. Viel zu viele - denn selbst der Wahnsinn – wer mag es ihm verübeln - ist ab und an gerne für sich.

Grün

Verweilt sie

In den Ritzen

Grübelnd nur

Nichts sonst

Keine Lust

Ich bin Psychologin. Mein Name ist Snjezàna. Übersetzt heißt das Schneewittchen. Zum Glück weiß das hier in Deutschland kaum jemand. Das hätte mir gerade noch gefehlt. Meinen Namen mag ich nicht. Ebenso wenig wie meinen Beruf. Eigentlich wollte ich einmal eine gefeierte Filmemacherin werden. Drehbuchautorin. So etwas mit Glamour und Happy End inszenieren. Aber jetzt ist das Hässliche mein Alltag. Das Traurige. Das Verzweifelte. Das Verzagte. Nach meinem ersten Termin am Morgen, es ist Frau M. wie jeden Tag seit einem Jahr, muss ich erst einmal eine Stunde Pause machen. Frau M. macht mich fertig. Ehrlich. Seit einem Jahr will sie sich umbringen weil ihr Mann sie verlassen hat. Das Übliche. Dabei könnte sie doch froh sein den triebgesteuerten Versager endlich los zu sein. Ich würde sie gerne schütteln und ihr eine zimmern aber als Psychologin wäre das nicht wirklich professionell.

Vielleicht ist das aber nur eine Ausrede für meine Aggressions-Hemmung. Auch privat bin ich immer so höflich und freundlich. Nach Feierabend höre ich mir die Probleme meiner Freundinnen zum Nulltarif an. Ob das was mit meinem Vorbild Schopenhauer zu tun hat? Oder mit mangelnder Selbstbehauptung?

Vermutlich mit beidem. Die Überwindung des Willens eben. Und deshalb geht es nie um mich. Das ist tragisch. Selbst für die streunenden Katzen aus der Nachbarschaft – mittlerweile immerhin sechs oder sieben - bin ich nur die Dosenöffnerin. Letztlich ging es mir so schlecht, dass ich selbst schon zu einer Kollegin in Therapie wollte. Oder gleich in die Klapse.

Ich, Snjezàna, mitten drin in dem Spiel in dem es so gar nicht um mich geht. Ich weiß nicht, was der Auslöser war. Aber am nächsten Morgen sagte ich zu Frau M., sie solle mich mit ihrem gottverdammten Leben in Ruhe lassen und mir endlichen den persönlichen Ge-fallen erweisen, sich jetzt sofort und auf der Stelle umzubringen. Ich bot ihr immerhin an, sie bis zur Rheinbrücke zu begleiten um dann von der Seestraße aus ihrem Freitod beizuwohnen. Um das Ganze nicht so anonym zu gestalten. *„Ich habe nämlich"*, so erklärte ich meinen plötzlichen Sinneswandel was die Erhaltung ihres Lebens betraf, *„einfach keine Lust mehr"*. Frau M. griff meinen Vorschlag auf. Zunächst noch etwas ambivalent aber dann zunehmend sicherer trabten wir nebeneinander her gen Rheinbrücke. Oben angekommen gab ich ihr die Hand und wünschte ihr für den winzigen aber durchaus wichtigen Rest ihres Lebens alles Gute. Sie nickte dankbar und erwiderte meine positiven Wünsche. Seit langem war sie mir nicht mehr so sympathisch gewesen.

Ich stieg die Treppen herab, setzte mich auf die erste Bank auf der Seestraße und zündete mir eine Gauloise an. Liberté toujours.

Frau M. kam nicht richtig in die Hufe. Sie zauderte und sträubte sich. Rang mit sich. Derweilen überlegte ich mir, wie sich das am besten filmen ließe und testete im Geiste die raffiniertesten Kameraeinstellungen aus. Dann überlegte ich mir eine passende Filmmusik.

Ich konnte mich nicht zwischen dem *Weißen Hai*, *Psycho* oder *Vom Winde Verweht* entscheiden. Frau M. lungerte immer noch auf der Rheinbrücke rum. Aufmunternd winkte ich sie symbolisch mit der Hand herunter um ihr den Absprung zu erleichtern. Doch das nützte nicht wirklich etwas.
Im Gegenteil. Zwar kam sie daraufhin runter, aber nicht so wie ich mir das vorgestellt hatte.
Vielmehr benutzte sie die Treppen. Unten ange-langt meinte sie lahm, *„ach, ich hatte plötzlich keine Lust mehr"*. Ich gab mich verständnisvoll und bot ihr eine von meinen Gauloises an. *„Keine Lust, was?"* Ich grinste. Sie grinste zurück. So ganz wohl war mir bei der Sache aber nicht.
Vorsichtshalber hab ich meine Praxis noch am gleichen Tag endgültig geschlossen.

Mit-Mutter

Vielleicht fragen Sie sich, das könnte ja immerhin sein, was ich in der Zeit, nachdem ich meine Praxis schloss, denn so gemacht habe. Ich bin Mutter geworden- sozusagen. *Mit-Mutter*. Möglicherweise sollte ich vorab erwähnen, dass die anderen, privateren Bereiche meines Lebens sich zunächst nicht besonders geändert haben.

So schnell klappt das in der Regel nicht. Immer noch ging es nicht um mich. Für die Katzen aus der Nachbarschaft war ich nach wie vor lediglich die bequeme Dosenöffnerin und meine Freundinnen, das, was man halt so Freundin nennt, heulten sich zum Nulltarif noch immer bei mir aus. Gestört hat es mich allerdings kaum, denn nach nur einer Woche ohne Arbeit fühlte ich mich innerlich bereit dazu mir einen Liebhaber anzulachen. Er war zwar verheiratet, hatte aber eine zänkische Frau, die mit Kalorien-Zählen, ihrem Yoga-Kurs, Gesichtsgymnastik, Powerjogging und Seidenmalen ausgelastet war. Ich hatte kein schlechtes Gewissen.

Zu befürchten ist, dass mich meine jahrelange therapeutische Arbeit abgestumpft und mir die nötigen Skrupel genommen hat, die es wohl gebraucht hätte, um unserer Allianz zu widerstehen. Außerdem gab er mir endlich das Gefühl wichtig zu sein, wirklich zu zählen. Er vergötterte mich so sehr, dass es mir schon beinahe peinlich war. Beinahe. Meine weichen Rundungen lobte, feierte, verwöhnte und streichelte er ohne Unterlass - träumerisch oder erregt. Seit meinen frühen Zwanzigern hatte ich nicht mehr so viel Sex. Ich gebe zu, dass ich ab und an vergaß die Katzen zu füttern. Selbst das so fordernde Katzenjammern drang nicht durch unsere Lustschreie. Erst als die Katzen so mager wurden wie die Ehefrau meines Geliebten, fiel mir das mit dem Füttern wieder ein. Über Tage, ja Wochen hinweg ließ ich das Telefon ausgestöpselt und versteckte das Mobile im Brotkasten. Seins gleich dazu.

Eine wunderbare Zeit!

Keine unglückliche Freundin störte. Von mir aus hätte sie nie enden müssen. Mein Liebhaber war so aufmerksam. Er wollte immer genau wissen was ich dachte und ordnete liebevoll der wechselnden Farbe meiner Augen (sie wechselten tatsächlich von grün zu blau, teilweise –selten– sogar zu grau) ganz unterschiedlichen emotionalen Stimmungen zu. Stunden verbrachte er damit sie zu betrachten. Wir lagen fast nur im Bett, doch einmal konnten wir uns doch zu einem Spaziergang am See aufraffen. Gerade wollte ich ihm von meinem Traum, Filmemacherin zu werden, erzählen und war dabei, ihm die Unterschiede in der Kameraführung zu erläutern, als er auf eine Bank sackte, zu zittern und zu weinen begann.

Instinktiv sah ich mich um. Kam etwa von weitem ein großer Hund? Eine Dogge oder ein Rottweiler? War mein Liebhaber am Ende ein Hundephobiker? Doch war kein Hund zu sehen, nicht einmal ein kleiner. Lediglich eine flachshaarige Frau, die ein Baby ohne nennenswerte Augenbrauen an uns vorbeischob. Fragend sah ich ihn an, er wich meinem Blick aus, verständlich bei diesem elenden Etwas, in das er sich in Sekundenschnelle verwandelt hatte. Dennoch nahm ich mitfühlend seine bebende Hand, jegliche Reste meiner professionellen, geübten Empathie als ehemalige Psychotherapeutin aktivierend.

Nach einigen, peinigend langen Minuten berichtet er mir, leise schluchzend, dass seine Frau und er sich immer ein Kind gewünscht hätten. Es habe aber nie geklappt und jetzt hätten sie die Segel gestrichen. „Meine Spermien", murmelte er. „sie sind einfach zu langsam." Zurück im Bett machte ich mich daran dies zu ändern, wie auch schon in den Wochen zuvor. Ich würde mal sagen, dass ich sie so richtig auf Trapp brachte, diese Spermien.

Und das ist auch schon fast wieder das Ende der Geschichte, sozusagen. Sicherlich ist es nicht allzu schwer zu erraten, dass seine Frau plötzlich doch noch schwanger wurde. Ich hatte ganze Arbeit geleistet. Bereits zu meiner Zeit als Psychotherapeutin war mir Perfektionismus nachgesagt worden. Im Jahr darauf wurde er Vater. Da das Kind, kein Wunder bei der joggenden Mutter, etwas früher als geplant kam, lag er gerade zwischen meinen Beinen, um mich intensiv zu verwöhnen, während seine Frau in den Wehen lag. Ein recht verstörendes Bild, das ich immer wegschiebe, sobald es vor meinem inneren Auge erscheint. Die Vaterrolle war wie für ihn gemacht. Seit der Geburt schiebt er den Wagen immer in der Nähe meiner Wohnung vorbei und kommt auch mal auf einen Sprung zu mir hoch. Ich dufte das Kind mal hochnehmen, weil ich ja irgendwie auch mit ihm verwandt bin. Sein Mündchen war winzig, es roch gut und schmiegte sich ein wenig an mich. Er fand, dass mir das Kind auf dem Arm gut stand und kam in dieser Nacht noch einmal vorbei. Ohne Kind. Doch das wiederholte sich nicht. Seine Frau verbot ihm seither nächtliche Ausflüge. Ohnehin verbietet sie ihm seit der Geburt ziemlich viel, vielleicht nachvollziehbar, wer weiß. Ich bin da etwas gespalten, und er empörte am Anfang auch, wenngleich doch ein wenig halbherzig. Insgesamt ist er ganz stolz auf sie, da sie, so aus einem künstlerischen Instinkt heraus, Stoff-windeln mit umweltschonender Farbe bemalt. „Sie ist so unfassbar kreativ",

bemerkte er bei einem seiner letzten Besuche. Tatsächlich sehen die Baby-Windeln jetzt verblüffenderweise aus wie die bunten Häuser von Hundertwasser. Von mir redete er nun gar nicht mehr. Ein paar Mal wollte er mir noch an die Wäsche, aber ich kann nicht, wenn da ein Baby nebendran im Wagen sitzt und zuschaut.
Das wenigstens sollte er verstehen.

Patientenliebe

Die roten Flecken um ihre Augen wurden von Tag zu Tag intensiver und der Bereich großflächiger, was ihren Dermatologen von einer Allergie ausgehen ließ. Doch wogegen konnte sie allergisch sein? Zahlreiche, aufwändige und ausgesprochen lästige Standard- Untersuchungen führten zu keinem Ergebnis.
Selbstständig ließ sie probehalber das Ein oder Andere weg, reduzierte ihren Nuss-Konsum, änderte das Waschmittel und die Daunenbetten – nichts half. So konnte sie nicht umhin sich einzugestehen, dass die Allergie, die sie betraf, sich auf sie selbst bezog. In anderen Worten: Sie war allergisch gegen sich selbst, ein beunruhigender, von Medizinern nicht behandelbarer Umstand. Wie sollte sie sich nun zu sich selbst verhalten? Zugegeben, irgendwie hatte sie sich selbst immer ein wenig abgelehnt, aber konnte das etwa ein hinreichender Grund sein?

Der Dermatologe zuckte die Achseln und stellte fest, dass die einzige Möglichkeit, die sich ihm zum jetzigen Zeitpunkt erschloss, die sei, den „Herd", sprich: sie selbst zu eliminieren.

Welche Todesart sich am besten eigne, darüber wollte er sich immerhin bis zum nächsten Termin noch eingängig seine Gedanken machen, ja, sich sogar eigens intensiv mit renommierten Kollegen austauschen.

Erleichtert über so viel Anteilnahme ging sie nach Hause und befolgte das vom Dermatologen rezeptierte Spiegelverbot, welches sinnvollerweise verhindern sollte, dass die rätselhafte Erkrankung allzu schnell aggravierte. Alternative Methoden wie eine wärmstens empfohlene Eigenurintherapie verschlechterten die Gesamtsituation dramatisch.

Ein diplomierter Schamane wurde daraufhin von ihrer Tochter gebucht. Mit seiner Hilfe sollte sie sich ihrem „inneren Kind" stellen. Beide Versuche trieben ihre Krankheit auf eine so ungute Art und Weise voran, dass ihr die Hoffnung schwand. Jetzt konnte wohl doch lediglich noch der Dermatologe helfen, auch wenn die Aussicht auf ihr baldiges Hinscheiden sie nicht gerade beflügelte. Der mehr als gewissenhafte, in seinem Beruf durchaus bewanderte Dermatologe, welcher sich mittlerweile mit Kollegen besprochen hatte, hielt jedoch erstaunlich gute Nachrichten für sie bereit. So schlug er ihr eine komplette, progressive Persönlichkeitstransplantation vor, die ein weltweit renommierter rumänischer Professor empfohlen hatte, und zwar als Probandin, da die ganze Methodik noch nicht ganz ausgereift, wenngleich auch vielversprechend, war. Sie willigte, dem gut aussehenden, ausgesprochen sympathischen Dermatologen vertrauend, ein.

Es gab ja doch nichts mehr zu verlieren, reiste auf eigene, nicht unerhebliche, Kosten allein und sehr gespannt nach Transsilvanien (Persönlichkeitstransplantationen waren zu dieser Zeit noch keine anerkannten Kassenleistungen)-, und wurde dort umgehend, durch Biss in den Hals, von einem Vampir getötet.

„War doch eine elegante Sterbemethode. Schnell und effektiv, „resümierte der Dermatologe beim nächsten Ärztekongress.

Dann setzte er hinzu: „Und Hoffnung bis zuletzt – was wollen wir mehr für unsere Patienten?"

Strahlend beendete er seine Präsentation.

Die Kollegen klatschen verhalten.

Abgesang

Einer hatte (im Vertrauen) gesagt, es läge alles daran, dass Martha und Kurt aufgehört hätten zu beten. Wer weiß, ob das stimmt, oder ob es sich nicht vielmehr um ein ausgesucht böswilliges und daher verleumderisches Gerücht handelte.

Letztlich ist es nicht festzustellen.

Nur der Herrgott selbst weiß das, doch der, was wohl niemand bestreiten wird, ist nicht gerade sehr redselig.

Und dann gab es noch diese Frau. Jene, die an allem etwas auszusetzen hatte. Herta.

Man hätte denken können, dass das, was, der Erzählung nach, ihr dann gegen Ende zuge-schrieben wurde eigentlich Kurt und Martha hätte angerechnet werden müssen.

Doch das war nicht der Fall. Vielmehr war es eben jene unbequeme, launische und eifersüchtige Herta, die das vollendete, was bei Kurt und Marta am Ende doch nur Lippenbekenntnisse blieben.

Eine unnatürlich dürre, ausgesprochen trocken-häutige und durchaus boshafte Person war sie, die die Mängel ihres tückischen und wankelmütigen Charakters hinter einer recht übertriebenen, falschen, und zudem heftig überspitzten Freund-lichkeit und einer demonstrierten Fürsorge zu verstecken pflegte.

Auf den ersten Blick mochte man daher denken es handele sich um eine umgängliche, ja, gar in bestimmten Ansätzen durchaus recht liebenswerte Person.

Sie war zu Männern und Frauen gleichermaßen freundlich, wobei es die *Frauen* waren, die sie heimlich noch mehr verachtete als die Männer.

Diesen jedoch traute sie auch nur Schlechtes zu, so dass die jeweiligen Abstufungen nicht sehr weit auseinander lagen.

Ihre Bewegungen waren abgehackt und fahrig, oft sinnlos anmutend, beinahe schon komisch, doch hinter dem Komischen verbarg sich etwas tief Abstoßendes, etwas das nichtsdestotrotz eine gewisse Rührung, aufgrund einer instinktiv vermuteten inneren Unsicherheit der sich so Bewegenden, hervorzurufen imstande war. Wie sie über die Menschen hinter deren Rücken sprach hätte wohl den ein oder anderen bleich vor Entsetzen zurückgelassen.

Sich viel auf ihre legendäre Dürre einbildend, war ihr Schandmaul, ja man musste es so nennen, auf beleibtere Frauen abonniert, wobei das Beleibt-Sein bereits bei Kleidergröße 36 begann. Das, was darüber hinausging, wurde von ihr bereits als monströs empfunden und auch so betitelt. Man munkelte, ihre Mutter habe sie als Kind weggegeben.

Es entspringt lediglich meiner Vorliebe für die Literatur von Sigmund Freud, die mich daraus die Annahme ableiten lässt, dass sie alles Mütterliche, alles Runde verabscheute.

Noch nicht einmal runde Bewegungen gelangen ihr. Ich denke, weil sie nicht wollte, dass sie ihr gelangen. Mit flottbürstigem Kurzhaarschnitt und ohne weibliche Attribute, prahlerisch stolz auf ihr ungeschminktes Gesicht, bewegte sie sich, ihr Gift hinterrücks verspritzend, durchs Leben.

Man hätte also getrost nicht gerade Gutes von ihr erwarten können - von oben erwähntem Kurt und der ihm von Gott persönlich zur Seite gestellten Martha jedoch durchaus. Beide waren gediegene Kirchgänger, zuverlässige Sänger im katholischen Gemeindechor, bekennende Vollblutchristen und nie um ein Ave Maria verlegen. Ihr Einsatz für Flüchtlinge, mit einem recht großen Scheck, wurde vom Bürgermeister persönlich in einer öffentlichen Rede honoriert, auch die Presse war anwesend. Und dennoch waren es nicht sie, sondern die andere Person, Herta, die, von der es keiner erwartete, einem Menschen in Not (es war eine Frau) die Tür öffnete. Für diesen einen Moment ohne Tücke oder Hintergedanken. Sie wollte einfach nicht, dass da draußen jemand vor der Tür stände und weggeschickt würde.

Die gleiche Person, die kurz zuvor von Martha und Kurt abgewiesen worden war, saß nun bei ihr zuhause, bei der sonst so kaltherzigen, harten Frau und trank Tee. Freilich wurde Herta später doch wieder die, welche sie auch zuvor gewesen war.

Doch in diesem Moment, in dem Moment auf den es ankam, hatte sie die Tür geöffnet.

Derweil saßen Kurt und Martha gediegen hinter ihrer verschlossenen Eichen-Massiv-Tür, die von einer Rattan-Fußmatte aus mehrdimensionalen roten Herzchen optisch aufs Beste hervorgehoben wurde, aßen ihr Abendbrot und sangen hernach das ein oder andere Liedchen. Ob sie gebetet haben oder nicht, kann ich nicht sagen.

Nur die Lieder, die hörte man noch die Straße hinunter.

Ob sie des Herrgotts Ohr erreichten? Was fragen Sie denn immer so komisch? Woher soll gerade ich das wissen? Sie wissen doch selbst, dass von da oben in dieser Hinsicht nichts kommt. Kein Feed-back, kein Applaus, nicht mal der kleinste Hinweis.

Da müssen Sie sich schon selbst ihre Gedanken machen und ihre ganz eigenen Mutmaßungen an-stellen. Ich persönlich hoffe es ja nicht. Dieses Gekrächze, ich sage es Ihnen (jedoch sehr im

Vertrauen), war kaum zu ertragen. Vielleicht gar ein Glück für die Hilfesuchende, dass ihr das erspart geblieben ist.

Herta fand das übrigens auch. Und obgleich sich ihre Aggressionen sonst darauf beschränkten sich die Zunge zu zerwetzen, legte sie diesmal tatsächlich Hand an.

Das kann, und wird wohl, mit der hilfesuchenden Frau zusammenhängen, die von Kurt und Martha abgewiesen worden war.
Herta konnte es nämlich nicht ausstehen wenn Menschen abgewiesen wurden.

Obgleich sie so vieles an ihnen hasste, an den Menschen. Doch so etwas, wie sie fand, gehörte sich für einen Christenmenschen nicht. In der unguten Nacht auf den 1. November, im Schutze der Halloween-Umtriebigkeit, brach sie eigenhändig, als rüpeliger Rächer verkleidet, mit Hilfe des Werkzeugs ihres verstorbenen Mannes Kurts und Marthas Türe auf und ließ sie, wohl als ein mahnendes Symbol offen stehen. Gesindel und Gelichter hasteten erschreckt vorbei.

Kurt und Martha indes waren, nach einem langen Sängerabend mit häuslicher Weinverkostung, vom Schlaf, der die Gerechten wie die Ungerechten ereilt, sanft überrascht worden.

„Mama"

„Mama", dieses Wort ließ mich nun zusammen-zucken, füllte mich mit Bedauern und Mitleid. Wie hatte es soweit kommen können?

Der Zug ratterte so vor sich hin; ich dachte nach, während das blonde Kind auf dem Nebensitz die Aufmerksamkeit seiner Mutter zu erregen suchte.

Was würde Kindern doch ernsthaft noch in dieser Welt bleiben?

„Gummibärchen, viele. Jetzt!", bettelt derweil das Mädchen neben mir im Zug seine Mutter an.

Obwohl es im Grunde doch, allein durch die Art des Vortrags und den Tonfall, schon mehr ein Befehl ist.

Gummibärchen. Ja. Immerhin die würden bleiben, vermutlich selbst diverse Atomkriege, Wirbel-stürme und Überschwemmungen überleben.

Riesig angewachsene, mit brackigem Wasser voll-gesaugte Gummibärchen, die am Ende das post-humane Bild der apokalyptischen Welt prägen würden. Nicht das allerschlimmste Szenario.

Nicht das Allerschlimmste.

„Nein, Marion gib ihr nichts mehr!", wirft nun die Großmutter ein.

„Das Kind wird fett, das weißt Du doch, und wer mag schon fette Menschen? Und dann noch als Mädchen!"

Kurzerhand entreißt sie der verdutzten Mutter die angerissene Packung mit den Gummibärchen.

Das Kind verzieht sein Gesicht zu einer wütenden Fratze, schreit seiner eisernen Großmutter ein vehementes: „Ich hasse Dich!" ins Gesicht und macht entschlossene Anstalten ihr die Tüte, koste es was es wolle, zu entwinden.

Die Großmutter lacht verlegen, man ist ja in der Öffentlichkeit.

Schließlich rückt sie, mit widerwilligem Zögern, die Gummibärchen wieder heraus.

Im Tunnel sehe ich nichts mehr, doch höre ich das Kind laut schmatzen.

Es schmatzt und knistert, schlürft und malmt. Ob es gerade seine Großmutter verspeist?

Zumindest klingt es so. Vermutlich aber doch eher unwahrscheinlich.

Als der Zug den Tunnel wieder verlässt, wage ich es dennoch nicht hinüberzuschauen. Schnell und fest schließe ich die Augen.

Zur Sicherheit.

Fernsehzapping

"Na, Matula, wie läuft's?"
"Nix läuft, das ist es ja gerade."
In Barcelona ist ein Polizist auf
offener Straße erschossen worden.
*"Gut, dass er sich nicht mehr
wehtun kann, gell?"*
Sweet dreams are made of this.
*"Hallo, ich bin's, der eben
angerufen hat."*

"Hilfe, Hilfe..."

Mach das verdammte Radio aus.
Der Kommissar ist schon unterwegs.
"Das Miststück ist uns in die Falle gegangen."
Setzen Sie sich doch erst einmal.
*"Also haben Sie und Marylin Cremer
den Mann umgebracht!"*
Da ham´ sie mich aber kalt erwischt.
"Deine Visage will ich hier nicht mehr sehen!"
"Führt das Schwein ab."
Was für eine Nacht.
Jetzt ist denn alles Paletti - Prost.
Dem Alten macht eben keiner was vor.
Seine Karriere wurde trotzdem gestoppt.

Auch an der Wallstreet gehen die Kurse runter.

Der Schlangenmensch

Der sogenannte „Schlangenmensch" unterschied sich von anderen vor allem durch seine Vorliebe für Schlangen, welche so ausgeprägt war, dass er jeglichen Kontakt zu anderen Menschen bereits von sich abgestreift hatte wie ein nicht mehr willkommenes Kleidungsstück, oder aber, um bei den Schlangen zu bleiben, eine nicht mehr benötigte Haut.

Schon immer waren ihm Menschen suspekt gewesen. Was genau ihn so an ihnen störte war im Nachhinein nicht mehr so recht auszumachen. Auf Anhieb hätte er wohl ihre Unberechenbarkeit benannt, doch auch das ist nur eine Vermutung, die aus seinem früheren Verhalten abgeleitet werden könnte. So hatte er sich durch Konstanz in seinem Verhalten ausgewiesen und Wert darauf gelegt Abweichungen in seinem Tagesablauf möglichst gering zu halten. Zumindest belegen dies die Zeugenaussagen, welche im Laufe der Befragungen schriftlich festgehalten wurden, nachdem die Kunde seines leisen Tode die Runde gemacht hatte. Einige Tage waren vom Zeitpunkt seines Ablebens vergangen, bis man überhaupt auf sein Fehlen, vielmehr auf das Fehlen einer alltäglichen Handlung, unvermittelt aufmerksam geworden war. Es waren die hastigen Schritte im Treppenhaus gewesen, das leise Heimbringen der noch lebenden Nahrung für seine Schlangen, überwiegend Mäuse und Ratten. Das leise, fast verschämte Geräusch, welches das Umdrehen des

Schlüssels im Schlüsselloch verursachte, war verstummt. Drei ganze Tage hatte es immerhin gedauert bis dieses, unbewusst wahrgenommene Geräusch, beziehungsweise dessen Fehlen, einem Anwohner des zweiten Obergeschosses aufgefallen war. Das absurde Bild, welches sich den Polizeibeamten, die gewaltsam in die Wohnung des Schlangenmenschen eingedrungen waren, bot, war so grotesk, dass man es nicht geglaubt hätte, wäre einem lediglich davon erzählt worden. Es erinnerte an die Zeichnung in der Erzählung von Saint Exupéry, jene, in der eine Schlange einen Elephanten verschluckt hatte, was sich dem ungeübten Betrachter zunächst jedoch ausnahm wie ein überdimensionierter Hut. Ebenso wurde der Schlangenmensch, vielmehr das, was nun von ihm übrig geblieben war, gefunden. Es ist mir als Erzählerin durchaus bewusst, dass ich beim Wiedergeben solcher Geschehnisse eine gewisse Verantwortung trage, die es mir verbietet allzu phantastische und scheinbar unglaubwürdige Geschichten preiszugeben. Daher würde ich dies auch nicht tun – wenn es denn eine andere Möglichkeit gäbe als diese, welche sich ausschließlich aus der Wahrheit speist. Wie konnte ein Mann, zugegebenermaßen kein sehr großer Mann, eher schmächtig und von kleinem Wuchs, aber dennoch ein Mann, von seiner eigenen Schlange gefressen und verdaut werden? In seinen offen herumliegenden Tagebüchern las man, aufgrund einer gezielteren Befunderhebung und zur Klärung dieses kriminalistischen Rätsels, sofort und nach, dass eben dies sein sehnlichster

Wunsch gewesen sei. Eine Vereinigung mit seinen geliebten Schlangen im Tod. Doch der Wunsch allein, in allen Ehren, stand dennoch der physikalischen Unmöglichkeit einer solchen von der Schlange vorgenommenen Handlung im Wege. Das herbeigerufene Team blieb ratlos. Beim Oberkommissar setzen gar so heftige Cluster-Kopfschmerzen ein, dass er den Rest des Tages, einen Arzttermin vorgebend, mit den Beinen in der Isar baumelnd verbrachte, grübelnd und bar jedes Erklärungsansatzes, beinahe hilflos - wie es sonst gar nicht seiner Art die Dinge anzupacken entsprach. Eine Art Lähmung hatte ihn ergriffen und eine unbestimmte Furcht, die er jedoch eben noch vermochte zu verscheuchen. Konnte der Wunsch eines Menschen die Gesetze der Natur auf den Kopf stellen? „Die Isar kann ich auch in Gedanken nicht rückwärts fließen lassen!", schlussfolgerte er grimmig. Wie also war es dem Schlangenmenschen gelungen mit Haut und Haaren gefressen zu werden? Welches Geheimnis hatte er mit keinem anderen Menschen teilen mögen?

Wäre es möglich, dass die Schlangen ihm bei der Lösung behilflich sein könnten? Während die Nacht sich über München neigte, erschien ihm ausschließlich diese die einzig denkbare Möglichkeit zu sein, um an brauchbare Informationen bezüglich des merkwürdigen und gänzlich grotesken Ablebens des rätselhaften Schlangenmenschen zu kommen. Seinen ersten Gedanken, wieder zum Tatort zurückzukehren, verwarf er zunächst. Dort würde er die Schlangen nicht mehr vorfinden. Und doch, aller Vernunft zum Trotz, zog es ihn zurück in diese Wohnung. „Man müsste sich biologisch besser auskennen", dachte er noch. Vielleicht gab es ja größere Schlangen, als er bisher angenommen hatte. Auch ein Oberkommissar konnte schließlich nicht alles wissen. Ohnehin war das mit der Biologie bereits in der Schulzeit nicht gerade sein Lieblingsfach gewesen. Die Kollegen würden sich darum kümmern, das wusste er, und es beruhigte ihn, zu jeder Tag- und Nachtzeit auf dem Laufenden gehalten zu werden.

Seine Stärke war der kriminalistische Spürsinn. Also betrat er die Wohnung, mit leichtem, etwas verhaltenen Zögern, erneut. Erwartungsgemäß hatte die Spurensicherung und der Pathologe und die hinzugerufenen Zoo-Tierfänger mit diversen Käfigen ganze Arbeit geleistet. Von Schlangen und dem Schlangenmenschen war nicht einmal mehr ein Fetzchen Haut zurückgeblieben. Konzentriert besah er sich nun nach und nach die anderen Räume der Wohnung um zu prüfen, ob sich in dem allgemeinen Durcheinander etwas dem Auge des Betrachters entzogen haben mochte. Hierbei verließ er sich ganz auf seinen Instinkt. Er begann sich auf dem Boden kriechend fortzubewegen, um ein Gefühl für Schlangen zu entwickeln. Gerade war er dabei an dieser Fortbewegungsweise einen gewissen ersten Gefallen zu finden, als er eine gänzlich grauenhafte Entdeckung machte. Etwas Ungeheures bewegte sich zielsicher auf ihn zu.

„Ach, das seidige Wasser der Isar", dachte er wehmütig und wunderte sich zugleich über diesen Gedanken, der ihm in dieser Situation nicht angemessen zu sein schien. Was dann geschah, möchte ich aus Rücksichtnahme auf die zarten Nerven mancher meiner Leser verschweigen. Nur so viel sei angedeutet: Als ihn der Anruf seines Mitarbeiters erreichte, welcher die nachfolgende Textnachricht enthielt: „Es handelt sich um eine Anakonda, noch nicht ganz ausgewachsen", da war er nicht mehr in der Lage sich daran zu erinnern, dass er irgendwann tatsächlich schon einmal von einer solchen Schlange gehört hatte. Nein, er war nicht mehr in der Lage dazu, denn ein zweites, hutartiges Gebilde hatte sich in der Wohnung des Schlangenmenschen zusammen-gefügt, und diesmal würde es sehr lange dauern bis endlich jemand vom Verschwinden des Ober-kommissars Kenntnis nehmen würde.

Zerberos Sturz

In einer der so typischen Altbauten Prags lebte Áda. Sie hatte bereits Krieg und Frieden er-lebt, Hunger und Überfluss, Boshaftigkeit und Güte- kurzum: Wenig gab es, das sie nicht gekannt hätte.

Und doch hatte sich in der Woche nach Aller- heiligen etwas Seltsames zugetragen, das ihr niemand glaubt, geglaubt hätte oder glauben würde, hätte nicht Klára, eine junge Künstlerin, eben dies in einem Bild festgehalten.

Ich möchte gar nicht viele Worte machen. Da man sich, besonders in der heutigen Zeit, ohnehin kaum noch über etwas erschrickt, zeige ich Euch Kláras Bild gerade heraus (Leider ist es nun doch der Zensur zum Opfer gefallen, ich entschuldige mich dafür).

„Was tut er denn da?" wollte sie von Áda wissen. „Er hängt so ein bisschen herum, weil er traurig ist. Vorhin hat er sogar gejault." „Aber warum ist er denn traurig?" Kláras mitfühlendes Herz ließ sie instinktiv einen kleinen Schritt auf Zerbero zugehen. „Das würde ich nicht tun", riet ihr Áda. Er ist in einer wirklich scheußlichen Verfassung. „Dauernd beschwert er sich darüber, dass er früher 50 Köpfe gehabt hätte, und Schlangen um jeden einzelnen davon!" „Wozu sollte das gut sein?"

Klára verstand beim besten Willen nicht warum der Hund nicht mit nur einem Kopf mehr als zufrieden war. Immerhin. Mancher hatte ja noch nicht einmal diesen einen. „Das hängt damit zusammen, dass die Menschen nun keine Angst mehr vor ihm haben. Früher, als er etwas galt hat er die Hölle selbst bewacht." Áda war nun dazu übergegangen zu flüstern: „Ein tiefer, jäher Sturz für den armen Zerbero." „Würde ich auch sagen", flüsterte Klára zurück. Beide sahen nun ratlos zu ihm hin. Zerbero schaukelte ein wenig auf der Leine, die nur notdürftig gespannt war. Sein Abstieg in die Bedeutungslosigkeit hatte damit begonnen, dass die Menschen aufgehört hatten an die Hölle zu glauben. „Ach, wenn sie doch nur wüssten", knurrte er zutiefst erbost in sich hinein und schaukelte stärker. „Also, er wird gleich nochmal stürzen, befürchte ich", raunte Klára Áda zu. „Man müsste ihn ablenken und von der Leine locken!" „Aber wie?" Klára, als Künstlerin ohnehin immer voller Ideen, wollte auf der Stelle ein weiteres Bild malen. „Ein Bild von der Hölle". Es schwebte ihr schon detailliert vor. Klumpfüße und Schwefel, gehörnte Wesen und Dunkelheit." „Vor dieses Bild könnte sich Zerbero dann setzen und sie bewachen." Áda, trotz ihres Alters sonst nie begriffsstutzig fragte entgeistert: „Wen denn bewachen?" „Na, die Hölle, natürlich." „Wenn das so ist, Kind", gab Áda zurück, „kannst Du Dir die Mühe mit dem Pinsel sparen." Flink, nur mit einem fast unmerklichen Hinken, lief sie zum Fenster und öffnete es. Klára folgte ihr und sah gemeinsam mit der alten Frau auf die Straße hinab. „Was ist da?", wollte nun ihrerseits Klára wissen. „Ich sehe nur überall Menschen!". „Ja, Menschen", bestätigte es ihr die Alte. Dann fuhr sie mit einer wissenden Müdigkeit in der Stimme fort: „Wo Menschen sind, da ist die Hölle, ob sie es nun glauben oder nicht." Klára wollte ihr nicht so recht glauben, wer glaubt so etwas auch gerne? Und doch gab es jemanden, der das tat. Zerbero! Er kam endlich von der Leine herunter. Langsam, und mit Bedacht. Seither sitzt er immer vor dem Fenster, so als sei er ein ganz normaler Hund und achtet darauf, dass niemand durch das Fenster klettert. Nur er weiß, dass er niemanden aus der Hölle entkommen lassen darf. Ádas Wohnung wäre eine viel zu gute Zuflucht für all jene auf der Straße. „Keine Leine mehr, immerhin.", stellt Klára bei ihrem nächsten Besuch ganz erfreut fest. Derweil passte Zerbero auf alles auf.

„Menschen!", knurrte er ab und an. „Wenn sie nur wüssten."

Ausgeschlafen

Ich wollte mich mittags ein wenig hinlegen. Der Vormittag war unerfreulich verlaufen, so dass ich mir etwas Ruhe wünschte. Unter meinem Schlafzimmer sind die Geschäftsräume meines Bruders. Ich musste sie ihm vermieten, obwohl ich das gar nicht will.
Er behandelt Leute, die wichtiger sind als er selbst.

Ich verschloss das Fenster, auch den Rollladen und begann zu schlafen, schreckte jedoch gleich wieder hoch. Eine Schwerhörige wurde behandelt. Das Fenster unter mir stand auf und alle brüllten. Ich erhob mich und fragte höflich, ob man etwas leiser sein, oder doch zumindest das Fenster schließen könne. Mein Bruder sagte, dass das auf gar keinen Fall ginge, weil die schwerhörige Frau einen Arzt geboren habe. Das hätte einen Hinweis auf den großen Lärm in dem Raum sein können, wenn die Schwerhörige nicht etwa 80 Jahre alt gewesen wäre. Und wie soll ein unfertiges Baby schon Arzt sein? Außerdem ist mein Bruder *kein* Arzt und entbindet somit auch keine (nicht einmal noch etwas unfertige) Ärzte. Säuglingsgeschrei war ebenfalls nicht zu hören. Nur das laute, aufdringliche und dröhnende Gebrüll welches an alte, schwerhörige Menschen gemahnt. Die Frau, es stellte sich auf Nachfrage heraus, hatte den Sohn vor beinahe genau 51 Jahren ent-bunden, was auch erklärte warum er jetzt Arzt, und sie so wichtig war. Ich erwähnte ja bereits, dass mein Bruder aus-schließlich Leute behandelt, die wichtiger sind als er selbst. Da er findet, dass sie auch wichtiger sind als ich, wurde es an diesem Tag nichts mit meiner Mittagsruhe. Auch am nächsten Tag leider nicht. Da hat er sich nämlich erschossen. Weil er nicht wichtig ist, wie er meinte. Sanis und Ärzte, die an den Unfallort gerufen wurden, drehten sich voll Abscheu weg.

Ein furchtbar lauter Knall war es gewesen. Und dann noch diese Sirenen. Für die Mittagsruhe, man kann es sich bereits denken, keineswegs förderlich.

Der Morphinist

Ich kann nicht mit Sicherheit sagen, warum ich nach so vielen Jahrzehnten an meinen alten Arzt aus der Kinderzeit zurückdenken musste.

Doch im Grunde, um ganz ehrlich zu sein, kann ich einen solchen Zusammenhang zumindest vermuten, jetzt, wo ich im Krankenhaus liege, und man mir zur Linderung meiner großen Schmerzen Morphium verabreicht.

Noch sind es geringe Dosen. die meinen noch nicht allzu sehr eintrüben. Vielmehr umgibt mich ein Gefühl von Wärme und Weite:

Es fühlt sich so an wie das Grundgefühl meiner Kindheit, welches nur ab und an durch schwerere Erkrankungen unterbrochen wurde.

Ob man als kleines Kind sein eigenes Morphium produziert- im übertragenen Sinn natürlich? Ich erinnere mich an viele Sommerabende am Fuschlsee in der Nähe der Stadt Salzburg, wo ich meine Kindheit (und wie mir scheint eine der glücklichsten Kindheiten überhaupt) verbracht habe.

Wir sind nach dem ersten großen Bombenangriff aus Leipzig, bei dem unsere Kirche zerstört und der mit meinen Eltern befreundete Pfarrer mit seiner gesamten Familie (einschließlich des Hundes) getötet wurden, hierher gezogen.

Das Ferienhaus war schon seit längerer Zeit im Besitz meines Vaters, und man merkte, vor allem als Kind, so gut wie nichts vom Krieg, der in ganz Europa wütete.

Lediglich die Präsenz des Reichsministers des Auswärtigen, Joachim von Ribbentrop, der den halben See für sich hatte sperren lassen und das Schloß okkupierte, erinnerte daran, wer in diesen Jahren im wahrsten Sinn des Wortes am Ruder saß. Doch selbst dies wurde unwichtig, blieb doch uns allen zumindest noch die zweite Hälfte des Fuschl - Sees übrig. Mehr konnte man sich ohnehin kaum träumen lassen.

Vergessen war bald die Kirche, die uns einen Halt geboten hatte, vergessen der tote Pfarrer samt Ehefrau und die Kinder, welche in meinem Alter gewesen waren. Der See selbst, die ganze Natur um uns herum wurde zur Kirche, und andere Menschen, von unserer kleinen Familie ab-gesehen, brauchten wir nicht mehr – mit einer Ausnahme. Wir benötigten von Zeit zu Zeit diesen älteren Arzt, Dr. Hofer, der sich nicht scheute in den dunkelsten Nächten, bei Regen und Sturm bis zu unserem sehr abgelegenen, sich beinahe im Gebirge befindenden Häuschen zu mir zu fahren in den qualvollen Stunden, in denen meine oft wiederkehrenden Krankheiten dies erforderten.

Wenn er kam, dann breitete sich das Gefühl der Geborgengeit und Wärme noch weiter aus. Eine schwer zu beschreibende Ruhe und Gelassenheit ging von ihm aus – gepaart mit der Gewissheit, dass ich wieder gesund werden würde. Ich liebte diesen Arzt, und einmal schenkte ich ihm meinen größten Schatz, eine tote Fledermaus, deren Flügel man bewegen konnte. Ein einziges Mal war ich in seiner Praxis, die von einem blühenden Garten und Kirschbäumen umgeben war. Es war kein Krankenbesuch. Vielmehr hatte meine Mutter ihm einen Kuchen gebacken. Die Hefe roch, gemeinsam mit den warmen Äpfeln und den Nelken, unter dem Tuch hervor, der ihn bedeckte. Einer der Äste eines Kirschbaumes befand sich so nah am Fenster, dass man direkt vom Zimmer aus nach den Kirschen greifen konnte, und die Augen des Arztes ruhten freundlich auf mir.

Ein kleiner, aufgeplusterter Vogel mit grauer Brust saß auf einem der Äste. Ich versuchte ihn zu verscheuchen, so wie Kinder Vögel immer zu verscheuchen suchen. Doch er saß nur da, legte sein abgewetzt wirkendes Köpfchen ein wenig schief und sah mich an. Er gefiel mir, so wie alles andere, und ich verwarf mein ursprüngliches Vorhaben ihn zu vertreiben. Wie diesen Garten so hatte ich mir damals das Paradies vorgestellt, und ich dachte, dass jemand, der hier wohnen durfte, mit Sicherheit ein rundum glücklicher Mensch sein musste. Später erst habe ich erfahren, dass dieser immer so ruhige, freundliche Arzt ein Morphinist war, und ich kann nicht mehr mit Bestimmtheit sagen, ob die von ihm ausgestrahlte Ruhe auf diesen Umstand zurückzuführen war, oder ob sie tatsächlich seinem Wesen entsprochen hatte. Beinahe wage ich nun daran zu zweifeln. War er nicht viel eher ein sensibler, ängstlicher Mensch gewesen, der des Morphiums bedurft hatte, um all die schrecklichen Geister der Krankheit, des Krieges, der Trauer um den frühen Tod seiner Frau und der Sorge um seinen sich damals an der Front befindenenden Sohn in sich zu überdecken? War all der gezeigte Optimismus, den er auf mich übertragen hatte, im Grunde nur die zaghafte Lüge des wahrlich Verzweifelten? Doch selbst wenn – mir selbst hatte sie in all ihrer zaghaften Glaubwürdigkeit damals das Leben gerettet. Kurz darauf jedoch wurde ihm das Seine genommen. Sein Dienstmädchen hatte ihn belauscht und den entsprechenden Zuständigen gemeldet, dass der Herr Doktor im Radio den Feindessender gehört habe. Noch in derselben Woche wurde er nach Dachau deportiert, wo er nach wenigen Tagen, bedingt durch einen Morphium-Entzug, dem weder sein Körper noch sein Geist in dieser Brutalität gewachsen waren, elend verstarb. Das mit seinem Geist wurde von niemandem erwähnt, doch scheint es mir beinahe nahe-liegender zu sein als das Versagen seines Körpers, welcher, daran vermochte ich mich besonders gut zu erinnern, eine ganz eigene Kraft ausgestrahlt hatte, die mit Sicherheit nicht in so kurzer Zeit aus ihm herausgetrieben hatte werden können. Doch sein so feiner, komplexer Geist, seine mitfühlende Sensibilität...ich denke, dass bereits wenige Stunden im Konzentrationslager ausgereicht hatten, um ihm den Lebenswillen zu nehmen. Fast glaube ich es selbst in mir zu spüren, *dieses Versagen des Willens.* Der Morphinist, so nannte man ihn nun – anstelle seines Namens. Wohl, um ihm noch etwas mehr seines Mensch-Seins zu nehmen, um seinen Tod noch etwas besser vor sich selbst zu rechtfertigen. Für mich hingegen war es kein abwertendes Wort der Klassifizierung und der Reduzierung eines Menschen. Ja, er war ein Morphinist gewesen, doch aus Gründen, die sich den zumeist einfachen, etwas groben und sehr bäuerlichen Menschen der Ortschaft entzog. Und dann ereignete sich im Haus mit dem paradiesischen Garten noch eine weitere Tragödie.

Nach dem Tod des Arztes hatten sich neue Leute dort eingenistet, und da keine Verwandten da waren, dachten sie wohl, dass das Schicksal ihnen dieses Haus einfach zugespielt habe. Als nun der Sohn des verstorbenen Arztes schließlich nichts ahnend von der Front heimkehrte und in sein Elternhaus trat, in der Erwartung dort auf seinen Vater zu treffen, erkannte das Paar ihn und sah sich um das Haus betrogen.

Es war die Frau, so konnte man es später auch in der Zeitung nachlesen, die ihn mit einem einzigen Pistolenschuss aus der Welt beförderte.

Er war sofort tot.

Sie kam für ein Dutzend von Jahren, eingepackt wie ein Dutzend Tomaten, ein Dutzend, also zwölf.

Zwölf Jahre und vier angebrochene Monate kam sie ins Gefängnis, und im Dorf gab es über Monate hinaus einen düsteren Gesprächsstoff. Doch die Gespräche bargen in sich ein dunkles Schweigen. Aus dem wundervollen Haus mit dem paradiesischen Garten war etwas Unsagbares, etwas Unheimliches geworden.

Oft denke ich daran wie gut es ist, dass man sein eigenes Schicksal nicht voraussehen kann.

Der Sohn meines Arztes...wie oft mochte er sich in Gedanken seine Rückkehr ausgemalt haben, als er in den Schützengräben lag, oft nur um Haaresbreite überlebt habend.

Eine Rückkehr in das erhoffte Vergessen.

Und mein Arzt selbst.

Sicherlich hatte er sich einen friedlicheren Tod vorgestellt.

Vielleicht sogar inmitten seines schönen Gartens, eingehüllt in das wohlige Gefühl, welches die Mischung aus Morphium und Sommerabenden hervorgebracht hätte, wie ein Vorgeschmack auf das, was sich gute Menschen, und zweifelsfrei war er ein guter Mensch, vom Tod erwartet hatten.

Was ich vom Tod erwarte, weiß ich nicht. Mein eigenes Schicksal liegt glücklicherweise ebenfalls im Dunkeln, und selbst wenn es merkwürdig klingen mag- es ist mir ein Trost. In letzter Zeit träume ich oft von den Kirschen, die in das Fenster des Hauses hineinreichten. Es heißt, dass man mit Morphium mehr und farbiger träumt, doch weiß ich nicht, ob es tatsächlich damit zusammenhängen mag.

m Ende wird es nicht wichtig sein. Und bis dahin kehre ich in meinen Träumen zurück in den Garten wie er an diesem einen Tag war – am Tag, an dem wir den Arzt in seiner Praxis besucht hatten. Der unverwechselbare Geruch frischer Hefe, der sommerliche Schweiß auf meiner Haut, der Blick des Arztes und das Lachen meiner Mutter, die Kirschen, meine geliebte tote Fleder-maus und ein kleiner, unscheinbarer Vogel, der einfach nicht davonfliegen wollte.

Schon damals habe ich ihn verstanden.

Was bleibt

„Von dem bleibt auch mal nichts mehr übrig!".
Missmutig schob Zeljko den alten Mann durch den
Park.

Den Rollstuhl hätte man sich sparen können.
Wegen der paar Wochen, die dem Alten noch
blieben.

Zeljko spuckte seitlich hinter dem Wagen aus.
Das hatte keinen besonderen Grund, nicht mal
einen symbolischen Charakter, wenngleich ihm
die Arbeit als Altenpfleger ganz außerordentlich
auf die Nerven fiel. Die Alten konnten ja nichts
dafür. Immerhin sicherte ihre siechende Existenz
ihm selbst genug Geld, das er nachhause schicken
konnte.

Nachhause, zu seiner großen Familie, die aus Kindern, dazu passenden Schwiegerkindern und zahlreichen Enkeln bestand.

Stolz erfüllte seine Brust, als er daran dachte, dass von ihm, ja von ihm, dem relativ armen Mann, etwas bleiben würde.

Seine Kinder und Enkelkinder würden schon dafür sorgen, dass es mit ihm, Zeljko, auch nach dem Ableben noch weitergehen würde.
Von dem Ballast im Rollstuhl, der allerdings kaum noch ins Gewicht fiel, konnte man das schwerlich behaupten. Er zwang sich ihn anzusehen.

Pergamentartig fügte sich die durchsichtige Haut um den Greis, gerade so als wüsste sie, dass man ihn in diesem Stadium seines Lebens nicht mehr allzu fest und all zu warm umschließen durfte.

Die Haut, sie wusste es. Sie spürte den nahenden Abschied und machte sich daran sich zu lockern, sich ein wenig von dem, was da im Sterben begriffen war, abzusetzen wie etwas Königliches, wie etwas, das es nicht verdient hatte zu sterben.
Pergament „Ja", dachte Zeljko.
„Die Haut", sie sollte dableiben. „Auf ihr würden die späteren Menschen lesen können wie in einem alten, unwiederbringlich vergangenen Buch."

Gleich darauf schämte er sich dieser abwegigen Gedanken. Immerhin stand fest, dass von diesem zerbrechlichen alten Ding, welches schon gar nicht mehr wusste welcher Wochentag war, geschweige denn wer die aktuelle Regierung seines Landes bildete, gar nichts, wirklich gar nichts bleiben würde.

Ein beachtliches Bundesverdienstkreuz am Bande hing immerhin über dessen altem, mahagoni-farbenen Arbeitsschreibtisch.

Eingestaubt wie alles in dieser ehemals herr-schaftlichen Wohnung.

Zeljko fühlte eine wundersame Mischung von Neid und Abscheu in sich aufsteigen, wenn er daran dachte.

„War dieses Geschöpf, dieser Abklatsch eines Menschen, denn nicht im Grunde schon jetzt ebenfalls Staub?"

Warum nur musste man sich denn überhaupt noch Mühe mit ihm geben? Ärger stieg in dem Pfleger auf, und er fühlte den dringenden Wunsch den Rollstuhl mit einer ungeschickten Bewegung umzustürzen — so wie er dieses ganze System umstürzen wollte.

Er, das Familienoberhaupt einer großen Familie, musste sich hier in dem so reichen Land um Menschen kümmern, die diese Bezeichnung seiner Ansicht nach schon längst nicht mehr verdienten.

Strandgut waren sie, nichts weiter.

Missmutig widersetzte er sich diesem Wunsch und rollte den Stuhl nahe an eine Parkbank heran, zunächst in die Richtung, die es ihm erlaubte das Wesen, welches darin festsaß, nicht auch noch ansehen zu müssen.

Doch aufgrund der Abschüssigkeit des Hanges musste er den Rollstuhl unter finsterem Ge-murmel schließlich doch in seine Blickrichtung schieben.

Die Augen des über 90-Jährigen waren dunkel und glänzten ein wenig. Nichts sonst glänzte mehr an diesem abgetragenen, stumpf und schwach gewordenen Körper. Es gelang Zeljko nicht sich diesem Blick zu entziehen.

So sah er ihn mit einem Gefühl von Angst an, wobei er sich nicht erklären konnte wie ein solch wehrloser Alter noch Angst zu erzeugen imstande sein konnte. Vor allem, da es wohl sicherlich nicht in seiner Absicht lag. Überhaupt nichts lag mehr in seiner Absicht, und so ertrug Zeljko diesen Blick. Wie lange wusste er selbst nicht.

Dann, mit einem Mal öffnete der Alte seinen Mund und formte mit den weißen, dünnen Lippen einen Satz, der Zeljko erschaudern ließ, denn mit dunkelglänzenden Augen und offenbar frommem Wunsch im Herzen wagte es dieser Greis sich etwas zu wünschen: „Ich will zu meiner Mama", sagte er lächelnd mit dem Anflug einer sicheren, zarten Vorfreude auf dieses in nicht allzu weiter Zukunft liegende Ereignis.

Zeljko wusste nicht warum, doch konnte er für eine lange Weile nicht mehr aufhören zu weinen. Nur der Greis war sein Zeuge, und der würde sein Weinen sicherlich nicht mehr weitertragen. Viele Gedanken überkamen in zu gleicher Zeit.

Was war denn von seiner eigenen, seiner geliebten Mutter geblieben?

Nun ja, immerhin doch mehr als von diesem kinder- und enkellosen Greis? Immerhin...doch etwas in ihm konnte mit einem Mal nicht mehr so recht daran glauben.

War wirklich mehr von ihr geblieben, von seiner Mutter, als es von diesem erbarmungswürdigen Etwas bleiben würde?
Eine Antwort fiel ihm nicht ein, zu sehr verwirrte ihn der plötzliche Gedanke, dass dieser Alte nichts grundsätzlich Anderes war.
Er war in diesem Augenblick einfach gleichsam alle Menschen. Wie konnte er es wagen!
Stumm folgte Zeljko nun seinem Blick, den glänzenden schwarzen Augen, in denen er einen kurzen Schalk aufblitzen sah.

Die Augen richteten sich nun gen Himmel, und seine Züge entspannten sich gänzlich. Ganz sanft schien die Haut ein wenig zu ihm zurückgekehrt zu sein. Zeljko konnte den Blick nicht mehr von ihm wenden, so sehr er es auch versuchte.
Und dann schließlich wusste er, fühlte er, dass von diesem kleinen, dünnen Mann im Rollstuhl etwas bleiben würde.

Für immer, ganz ungeschuldet der Tatsache, dass jenes, was für immer blieb, der Hauch eines kleinen Augenblickes war - nicht kürzer und nicht länger als das Leben selbst, gezählt jenseits unserer Begriffe und Zahlen.

Der Alte im Rollstuhl blickte von unten zu Zeljko hoch. Zunächst so als könnte er dessen Gedanken aus ihm herauslesen, blickte er ihn an.
Er betrachtete ihn mit solch unüblichem Interesse als sei Zeljko der erste Mensch, der ihm jemals begegnet sei. Dieser fürchtete seinen Blick nun nicht mehr. Ohne zu zögern legte er seine Hand an die Wange des Alten, um vorsichtig darüber zu streifen.
Nicht mehr als der Flügelschlag eines Schmetterlings sollte diese Berührung ihn leise streifen, denn, das wusste Zeljko, musste man mit der Haut des alten Mannes sehr vorsichtig sein. Es lag ihm daran etwas von sich dort zu hinterlassen,

ihm und der Haut auf diese Art mitzuteilen, dass er, Zeljko, dagewesen war.

Alles schien mit einem Mal so groß, so verzerrt.

Den Alten schien das nicht zu wundern.

Sein Lächeln erinnerte nun an das Lächeln eines Kindes, und Zeljko musste sich zwingen nicht zurückzulächeln. Alles wirkte anders, neu.

Ein wenig Haltung wollte er bewahren. Immerhin hatte er als Familienoberhaupt eine gewisse Vorbildfunktion. So lächelte er nicht.

Den gesamten Weg zurück blieb sein Gesicht ohne Regung.

Doch es fiel ihm schwer.

Hannahs Tod

Hannah, meine ältere Cousine, hat sich das Leben genommen. Wir alle wussten, dass sie viel hatte durchmachen müssen in ihrem Leben. Es war beinahe so als schämte sie sich dafür, überhaupt auf der Welt zu sein. In der Tat hatte meine Tante sie damals unbedingt abtreiben wollen, doch meine Mutter hatte sie überredet, Hannah zu bekommen. Sie hatte ihr dann auch gleich angeboten, Hannah zu sich zu nehmen. Daher war sie eher so was wie eine Schwester für mich gewesen, nicht wie eine Cousine. Ich hatte sie früher immer *„meine Hannah"* genannt. Als ich klein war, war ich geradezu vernarrt in sie und ich ließ sie nicht aus den Augen. Und obwohl alle immer sehr freundlich zu ihr waren, wirkte sie zeitlebens abwesend. Ich denke, dass sie unter dem schier unbesiegbaren Dämon litt, den man Depressionen nennt. Sich dem zu stellen erfordert die gesamte Lebenskraft. Einmal, als es so schlimm geworden war, dass sie nicht mehr aufstehen konnte, war sie in die Psychiatrie gebracht worden. Als ich sie dort besuchte, zusammen mit meinen Eltern, hörten wir schon draußen die Schreie derer, die dort waren. Diese Schreie konnte ich nie vergessen. Und auch nicht die der Verstummten. Meine Angst, selbst eines Tages dort zu landen, an diesem namenlosen Raum, entstand an diesem Tag.

An ans Bett gefesselte Menschen dachte, an Elektroschocks und an unendliches Leid. Ich hatte Angst vor diesen gequälten Menschen, die da schrien als ginge es um ihr Leben.

Vermutlich tat es das sogar. Und es gibt viele Arten, einem Menschen das Leben zu nehmen.

Nur Hannah schrie nicht, und war auch nicht verstummt. Sie saß da wie immer, ab und zu sagte sie etwas. Ihre Stimme liebte ich. Und so blieb sie auch, nachdem sie wieder zuhause war. So saß meine Hannah meistens da wie eine schöne, traurige Puppe und ich drang nicht zu ihr vor. Nur in ihrem Zimmer, da durfte ich sein. Auch wenn viele sagten, Hannah sei labil: Sie war es nicht.

Jeder Tag muss ein Kampf für sie gewesen sein. Und niemals gab sie auf. Sie war einfach da mit ihrem blassen, hoffnungslosen Gesicht das von langen, dunklen Haaren eingerahmt war. Als Kind dachte ich immer, sie sei das leibhaftige Schneewittchen. Und wie dieser vergiftete Apfel in Schneewittchens Kehle, steckte das Gift der Depression in ihr. Dann kam ihr Prinz. Besonders prinzenhaft fand ich persönlich ihn zwar nicht, er war eher so ein selbstverliebter Weiberheld, aber Hannah lachte zum ersten Mal seit ich denken konnte.

Ich weiß noch, wie märchenhaft schön sie in ihrem langen, weißen Brautkleid ausgesehen hat.

Als sie ihn verlor, nahm sie sich das Leben. Im Tod hat sie ein weißes Kleid getragen. Zumindest in meiner Vorstellung davon lag sie so in ihrem gläsernen Sarg. Ihren wirklichen Sarg und sie konnte ich nicht ansehen. Ich konnte es einfach nicht.

Doch selbst wenn hätte ich es nicht gedurft. Von ihr waren nur noch die Stücke übrig, die Bahnarbeiter und Kriminalbeamte von den Gleisen aufgelesen hatten.

Während der Beerdigung lief ich allein auf dem Friedhof umher.

Wieder sprach man davon, dass sie labil gewesen sei. Doch das war sie nicht. Sie hat mehr ertragen als die meisten auch nur ahnen können. Und das, dass sie ihn verloren hatte, das war einfach zuviel gewesen. Ich weiß genau, sie hätte alles ausgehalten. Jede kalte Hand die nach ihr griff, jede schwere Last die sich auf ihre Brust setzte, jedes Gefühl des Nicht-Weinen-Könnens weil alles viel zu traurig war, um auch nur eine einzige Träne verkraften zu können. Aber sie hätte es, nun da sie ihre Liebe gekannt hatte, nur noch mit ihr, mit ihm ertragen können. An dem Tag, der ihr Geburtstag gewesen wäre habe ich später *Mad World* für sie gespielt. Es passte zu ihr, und ich mochte es. Als Kind und auch später hatte sie mich in ihr Zimmer gelassen. Sie sprach kaum, doch ich durfte bei ihr sein. Einfach nur in ihrem Zimmer. Und dort habe ich gesehen, wie es ihr ging. Ich konnte es sehen und fühlen.

Hannah war oft in meinen Gedanken und wenn ich ihn auch fühlte, den Wassergeist der Depression, wenn ich dann dachte, dass ich keinen so offensichtlichen Grund für all dieses Traurig-Sein hätte wie sie. Meine Mutter hatte mich immerhin gewollt und so konnte ich noch zu dem Schluss, dass in meinem Gehirn etwas nicht stimmte, dann musste ich mich einfach ablenken.

Ich konnte mit niemandem darüber reden und ich wollte es auch nicht. Hannah, meine Hannah, davon bin ich überzeugt, hätte das verstanden.

Viele Jahre noch träumte ich von ihr. Im Tod nun erschien sie mir glücklicher.

Irgendwann war sie weg. Ganz weg. Es fällt mir noch heute schwer, das zu ertragen. Gleichzeitig jedoch kommt es mir so vor, als sei es ein gutes Zeichen – für beide von uns.